U0584855

中华传统美德读本

穿过寒冬拥抱你

读者丛书编辑组 / 编

读者出版传媒股份有限公司
甘肃人民出版社
甘肃·兰州

图书在版编目（CIP）数据

穿过寒冬拥抱你 / 读者丛书编辑组编. -- 兰州 ：
甘肃人民出版社，2023.11
ISBN 978-7-226-05961-6

Ⅰ．①穿⋯ Ⅱ．①读⋯ Ⅲ．①散文集－中国－当代
Ⅳ．①I267

中国国家版本馆CIP数据核字(2023)第113292号

出　版　人：梁朝阳
总　策　划：梁朝阳　马永强　李树军
项目统筹：宁　恢　原彦平
策划编辑：高茂林
责任编辑：肖林霞
封面设计：裴媛媛

穿过寒冬拥抱你

读者丛书编辑组　编

甘肃人民出版社出版发行

（730030　兰州市读者大道 568 号）

北京温林源印刷有限公司印刷

开本 710 毫米×1000 毫米　1 / 16　印张 15.5　插页 2　字数 200 千
2023 年 11 月第 1 版　2023 年 11 月第 1 次印刷
印数：1~5 000

ISBN 978－7－226－05961－6　　定价：39.00 元

目　录
CONTENTS

1

无言的父爱

梁晓声

一

小时候，父亲在我心目中，是严厉的一家之主，有着绝对的权威，是靠出卖体力供我吃穿的人，是我的恩人，也是令我惧怕的人。父亲板起脸，母亲和我们弟兄四个就忐忑不安，如对大风暴有感应的鸟儿。

那时妹妹未降生，爷爷还在世，但他已老得无法行动了，整天躺在炕上咳嗽不止，但还很能吃。全家七口人高效率的消化系统，仅靠吭哧一个三级抹灰工的汗水。

父亲是个刚强的山东汉子，从不抱怨生活，也不叹气。父亲的生活原则是——万事不求人。

　　我常常祈祷，希望父亲抱怨点什么，也唉声叹气。因为我听一位会算命的邻居老太太说过这样一句话："人人胸中一口气。"按照我天真幼稚的想法，父亲如果唉声叹气，就会少发脾气了。可父亲就是不肯唉声叹气。这大概是父亲的"命"。

　　我替父亲感到不幸，也替全家感到不幸。但父亲发脾气的时候，我却非常能谅解他，甚至同情他。一个人对自己的"命"是没办法的。别人对这个人的"命"也是没办法的。我们天天在"吃"父亲，难道还不允许他对我们发点脾气吗？

　　父亲第一次对我发脾气，就给我留下了终生难忘的印象。一个惯于欺负弱小的大孩子，用碎玻璃在我刚穿的新衣服背后划了两道口子。父亲不容分说，狠狠打了我一记耳光。我没敢哭，却委屈极了，三天没说话。在挤着七口人的面积不足十六平方米的空间内，生活绝不会因为四个孩子中的一个三天没说话而变得异常。

　　第四天，老师在教学课上点名，要我站起来读课文。那是一篇我早已读熟的课文，但我站起来后，许久未开口。老师和同学们都用焦急的目光看着我。我不是存心要损班级荣誉，而是读不出来。其实我心里比我的老师和同学还焦急。

　　"你怎么了？为什么不开口读？"老师生气了，脸都气红了。我"哇"的一声大哭起来。

　　从此，我们小学二年级三班少了一名老师喜爱的"领读生"，多了一个"结巴磕子"。我口吃的毛病，直至上中学以后，才自我矫正过来。但此后，我变成了一个慢言慢语的人。因此，有人说我很成熟，有人说我胸有城府。而在需要据理力争的时候，我往往又成了一个"结巴磕子"，或是一个"理屈词穷者"。而父亲从来也没对我表示过歉意。因为他从来也没将他打我的那一记耳光和我的口吃联系在一起……

二

母亲属羊，性格也像羊那么温顺，完全被父亲"统治"。如若反过来，我相信对我们几个孩子是有益处的。母亲是一位农村私塾先生的女儿，颇识一点文字。

中国贫穷家庭的主妇，对困窘生活的适应力和耐受力是极可敬的。她们凭着一种本能对未来充满憧憬，期望孩子长大成人后都有出息。我的母亲在这方面的自觉性和自信心，是高于其他许多母亲的。

关于"出息"，父亲有他独到的理解。

一天，吃饭的时候，我喝光了一碗苞谷面粥，端着碗又要去盛，瞥见父亲在瞪我。我胆怯了，犹犹豫豫地站在粥盆旁，不敢再盛。父亲却鼓励我："盛呀！再喝一碗！"父亲见我只盛了半碗，又说："盛满！"接着，用筷子指着哥哥和两个弟弟，严肃地说："你们都要能吃。能吃，才长力气！你们眼下靠我的力气吃饭，将来，你们都是要靠自己的力气吃饭的！"

我第一次发现，父亲脸上呈现出一种真实的模样，一种由衷的喜悦，一种殷切的期望，一种爱。我将那满满一大碗苞谷面粥喝下去后，还勉强吃掉半个窝窝头，这都是为了报答父亲，报答父亲脸上那种稀罕的慈祥和光彩。尽管我撑得很难受，但我心里很幸福，因为我体验到了一次父爱。我被这次宝贵的体验深深感动。我以一个小学生的理解力，将父亲那番话理解为对我的一次教导，一次具有征服意义的教导，一次不容置疑的现身说法。我心领神会，虔诚之至地接受这种教导。从那天起，

我的饭量变大了。我觉得自己的肌肉仿佛也日渐发达，力气也似乎有所
增长。

"老梁家的孩子，一个个都像小狼崽子似的！窝窝头、苞谷面粥、咸
菜疙瘩，瞧，一顿顿吃得多欢，吃得多馋人哟！"这是邻居对我们家的唯
一羡慕之处。父亲引以为豪。

三

我十岁那年，父亲随东北建筑工程公司支援大西北去了。父亲离家
后不久，爷爷去世了。爷爷去世后不久，妹妹出生了。妹妹出生后不久，
母亲病了。哥哥已上中学，每天给母亲熬药，指挥我们将家庭乐章继续
奏下去。

我尽心尽力地照料妹妹，希望妹妹是个胆大的女孩。父亲三年没探
家，是打算积攒一笔钱。他虽然身在异地，但仍然企图用他那条"万事
不求人"的生活原则遥控家庭。

"要节俭，要精打细算，千万不能东借西借……"

父亲在求人写的每一封家信中，都不忘对母亲谆谆告诫一番。父亲每
月寄回的钱，根本不足以维持家中的开销。母亲彻底违背了父亲的原则。
我们家"房顶开门，屋地打井"的"自力更生"的历史阶段，令人悲哀
地结束了。我们连心理上的所谓"穷志气"都失掉了……

父亲第一次探家，是在春节前夕。他攒了三百多元钱，还了母亲借的
债，剩下一百多元。

"你是怎么过的日子啊？每封信上我都叮嘱你要省吃俭用，可你还是
借了这么多债，你带着孩子们这么个过法，我养活得起吗？"父亲对母亲

吼。他坐在炕沿上，当着我们的面，粗糙的大手掌将炕沿拍得啪啪作响。母亲默默听着，一声不吭。

"爸爸，您要责骂，就责骂我们吧！不过，我们没乱花过一分钱。"哥哥不平地为母亲辩护。我将书包捧到父亲面前，兜底儿朝炕上一倒，倒出了正反两面都写满字的作业本，几截手指般长的铅笔头。我瞪着父亲，无言地向父亲申明：我们真的没乱花过一分钱。

"你们这是干什么？越大越不懂事了！"母亲严厉地训斥我们。父亲侧过脸，低下头，不再吼了。许久，父亲长叹一声。那是从心底发出的沉重负荷下泄了气似的长叹。那是我第一次听到父亲叹气。我心中突然对父亲产生了一丝怜悯。第二天，父亲带我们去商店，给我们兄弟四个每人买了一件新衣服，也给母亲买了一件平绒上衣……

父亲第二次探家，是在"三年困难时期"。

"错了，我是大错特错了！"父亲细瞧着我们几个孩子因吃野菜而水肿不堪的青黄色的脸，迭声说他错了。

"你说你什么干错了？"母亲小心翼翼地问。

父亲用很低沉的声音回答："也许我十二岁那一年就不该闯关东……我猜想，如今老家的日子兴许比城市的日子好过些。就是吃野菜，老家能吃的野菜也多啊……"

父亲要回老家看看。如果老家的日子比城市的日子好过些，他就将带领母亲和我们五个孩子回老家，不再当建筑工人，重新当农民。父亲的这一念头令我们感到兴奋，也给我们带来希望。

野菜也好，树叶也好，哪里有无毒的东西塞满我们的胃，哪里就是我们的福地。父亲的话引发了我们对从未回去过的老家的无限向往。母亲对父亲的话很不以为然，但父亲一念既生，便会专执此念，任何人也难以使他放弃。

母亲很有自知之明，便预先为父亲做动身前的种种准备。父亲要带一个儿子回山东老家。在我们——他的四个儿子之间，展开了一次小小的纷争。最后，父亲做出决定，庄严地对我说："老二，爸带你回山东！"

老家之行，印象是凄凉的。对我，是一次希望的破灭；对父亲，则是一次心理上和感情上的打击。

老家，本没亲人了，但毕竟是父亲的故乡。故乡人，极羡慕父亲这个挣现钱的工人阶级。故乡的孩子，极羡慕我这个城市的孩子，羡慕我穿在脚上的那双崭新的胶鞋。故乡的野菜，还塞不饱故乡人的胃。我和父亲路途上没吃完的两个掺面馒头，在故乡人眼中，竟是上等的点心。父亲和我，被故乡那种饥饿的氛围促使，竟忘乎所以地扮演起"衣锦还乡"的角色来。父亲第二次攒下的三百多元钱，除了路费，东家给五元，西家给十元，以"见面礼"的方式，差不多都救济了故乡人。我和父亲带了一小包花生米和几斤地瓜子离开了故乡……到家后，父亲开口对母亲说的第一句话是："孩子他妈，我把钱抖搂光了！你别生气，我再攒……"

这是我第一次听到父亲用内疚的语调对母亲说话。母亲淡淡一笑："我生啥气呀！你离开老家后，从没回去过，也该回去看看嘛！"仿佛她对那被花光的三百多元钱毫不在乎。

但我知道，母亲内心是很在乎的，因为我看见，母亲背转身时，眼泪从眼角溢出，滴落在她的衣襟上。

那一夜，父亲叹息不止。两天后，父亲提前回大西北去了，假期内的劳动日是发双份工资的……父亲始终信守给自己规定的三年探一次家的铁律，直至退休。父亲是很能攒钱的，母亲是很能借债的，我们家的生活，恰恰特别需要这样一位父亲，也特别需要这样一位母亲，正所谓

"对立统一"。

在我记忆的底片上，父亲愈来愈成为一个模糊的虚影，三年显像一次。在我的情感世界中，父亲愈来愈成为一个我想要报答而无力报答的恩人。报答这种心理，在父子关系中，其实质无异于溶淡骨肉深情的缓释剂。它将最自然的人性、最天经地义的伦理，平和地扭曲为一种最荒唐的债务。

父亲第四次探家前，我到北大荒去了。之后的七年里，我再没见过父亲。我不能按照自己的意愿和父亲同时探家。在我下乡的第七年，连队推荐我上大学。那已是第二次推荐我上大学了。那一年我已经二十五岁了。

我明白，录取通知书没交给我之前，我能否迈入大学校门，还是一个问号。连干部同意与否，都至关重要。我曾当众顶撞过连长和指导员，我知道他们对我耿耿于怀，因此我忧虑重重。几经彻夜失眠后，我给父亲写了一封信，告知父亲我已被推荐上大学，但最后结果尚难以预料，请求父亲汇给我两百元钱。我还告知父亲，这是我最后一次上大学的机会。我相信我表达得很清楚，父亲明白我为何需要这么多钱。可信一被投进邮筒，我便追悔莫及。我猜测父亲要么干脆不给我回音，要么会写封信狠狠骂我一通。按照父亲做人的原则，他绝不能容忍他的儿子为此用钱去贿赂人心。没想到父亲很快就汇来了钱，两百元整，电汇。汇款单的附言栏内，歪歪扭扭地写着几个错别字："不勾（够），久（就）来电。"

当天，我就把钱取回来了。晚上，下着小雨。我将两百元钱分装在两个衣兜里，一边一百元。我双手都插在衣兜里，紧紧攥着两沓钱，先来到指导员家，在门外徘徊许久，没进去。后来到连长家，我鼓了几次勇气，猛然推门进去了。我支支吾吾地对连长说了几句不着边际的话，立刻告辞，双手始终没从衣兜里掏出来，两沓钱竟被我攥湿了。

　　我缓缓地在雨中走着。那时候一个声音在我耳边响起："老梁师傅真不容易呀，一个人要养活你们这么一大家子！他节俭得很呢，一块臭豆腐吃三顿，连盘炒菜都舍不得买……"这是父亲的一位工友到我家对母亲说过的话，那时我还年幼，虽然长大后忘了许多事，这些话却始终铭记在心。我觉得衣兜里的两沓钱沉甸甸的，像两大块铅。我觉得我的心灵那么肮脏，人格那么卑下，动机那么可耻。我走出连队很远，躲进两堆木料之间的空隙，痛痛快快地大哭了一场。我哭自己，也哭父亲。父亲为什么不写封信骂我一通啊？一个父亲的人格的最后一丝光彩，被儿子抹去了，就如同一个泥偶毁于一摊脏水。而这摊脏水是由儿子泼在父亲身上的。这是多么令人悔恨、令人伤心的事啊！第二天抬大木时，我坚持由三杠换到二杠——负荷最重的位置。当两吨多重的巨大圆木在八个人的号子声中被抬离地面，当抬杠深深压进我肩头的肌肉，我心中暗暗呼应的却是另一种号子——爸爸，我不，不……

　　那一年，我如愿上了大学，连长和指导员并未从中作梗，还把我送到了长途汽车站。和他们告别时，我情不自禁地对他们说了一句："真对不起……"他们默默对望了一眼，不知我说这句话是什么意思。

　　那个漆黑的、下着小雨的夜晚，将永远地保留在我记忆中……

（摘自《读者》2022 年第 17 期）

我的"外公"俞平伯

张贤亮

　　知道平伯公去世，是因为我在乡下看了报纸。匆匆赶回城里给大姨俞成挂长途电话，交谈中却也很平静。前一个月，即9月份，我去武汉，路经北京，还看望过他老人家。看他灵魂已经离开了尘世，对世界和亲人已完全陌生，仅剩下一副枯槁的躯壳，让人从床上抱到沙发上，再从沙发抱到床上，我不禁黯然。

　　一代风骚，一派红学宗师，最后竟痴呆如此。我曾默默闪过还不如让他一死的念头。希腊哲人说过，死，并不是死者的不幸，而是生者的不幸。而他的去世，我想，对他、他的家人，包括我在内，都可以说是一种解脱。91岁，毕竟享到了天年，寿终正寝，是大家意料中的事，因而也没有给我们生者造成不幸的感觉。我的"外公"平伯公可以说是一生活得和死得都很洒脱，毫无亏欠了。

　　我的亲外公陈公树屏我并没见过。有一期《团结报》介绍过他的一些事迹。清末，他任江夏知县、湖广总督衙门总文案。那篇文章中说他老人家还做过点好事。辛亥革命后，他在上海赋闲。有一天，他突然有兴致要去看文明戏，演的正好是武昌起义。看到起义爆发时，他怕得从衙门的狗洞往外钻，竟在戏院里当场中风，被抬回家后不久就故去了。

　　而平伯公就极看得开，一次，他和我聊起被下放到河南农村时，和外婆一块儿搓草绳的情景，还蛮开心的样子。其实，到一定的时候，狗洞也是可以钻的。所谓"龙门能跳，狗洞能钻"是也，我的亲外公如像平伯公这样洞明，说不定还能看见我出世呢！

　　我称平伯公为"外公"，是因为我的母亲和大姨俞成的亲密关系，从世交的辈分论排的。我在宁夏期间，母亲从宁夏被遣送回北京，一直和大姨一起住在平伯公家里。平伯公对我的母亲视如己出，多有照拂，前后有十余年之久。

　　平伯公住在老君堂的时候，我也常去。那时我小，顽劣不堪，见了平伯公悚然哆嗦，不敢与语。过了二十多年，我每次去北京，当然总要去看望大姨和平伯公。近十年来，一年中总要去几趟。这时，他们已经搬到南沙沟。我大了，他却老了。我每次去，都带些零食点心，他扶墙走到客厅，与我一起抽烟喝茶。

　　知道我居然也会舞文弄墨，他颇为欣慰。但他已耳聋，说话很吃力，只能说点短语和家常闲事。我出了第一本书，送他一本，他翻了翻，也就搁在一旁。我知道他不会看，以后也就不再送他。

　　他吸起烟来一根接一根，烟灰不住地落在衣襟上。我并不觉得埋汰，反而感觉那是一副不修边幅的文人风貌，那时，他已80多岁了。我问他长寿之道。他笑着说，爱怎么活便怎么活，人就长寿了。他一生从不讲究饮食，老了也吃肥肉；不运动，不练气功，起居无常。

偶然一次说到《红楼梦》，他也只是说，那不过是本小说，小说就要把它当本小说看。话语虽短，我想这才是把《红楼梦》钻透了的返本归元之谈。你要把它看成"教科书"，看作真正的历史书，也只能由你。但那必然是非文学的评论，从而会搞出许多社会学的花样来。热闹是热闹了，却与文学自身的研究无关。

因为他已老了，有道是"一老一小"，老了就和孩子一样，所以我每次去，只能带点吃食让他开心，或是租车出去找个讲究的餐厅搋上一顿。我与平伯公从没有认真谈过文学，没有讨得过如此亲近的一代文宗的教诲。现在回想起来，我也不觉得后悔，倒认为自己还是有点儿体贴老人的孝心。要让一位垂垂老者搜肠刮肚地给你谈什么创作心得，自己收获不少，老人却筋疲力尽，这是自私的表现。

一位好友笑话我，说我有一个曾富甲一方的亲祖父，还有这样一个身为文学家的"外公"，却既没有得到过一分钱的遗产，也没有得到过一句有关创作的经验，看来我真不愧是个苦命的人。如果说是命该如此，那也没有什么办法了。

外婆在1984年先平伯公而去，此后他精神更为不济。我到北京要是不住宾馆，就睡在他隔壁房里。深更半夜，总听见他大声呼唤外婆的名字，说一些我听不懂的话语，有时几近狂吼的地步。我并不感到森森然，反而体会到一位老人的眷恋之心和孤独之情。想到自己，也许将来的某一天我也会半夜和他一样狂吼起来，就不禁神伤而失眠。读平伯公过去的文章，潇洒悠远而富有朝气，后来他竟被磨损得和一个普通老头儿没有两样。

　　呜呼！外公，每一个人都不是那么甘心地离开世界的。能做到您这样的俯仰无愧，也足够我们后人追思和仿效的了。

（摘自《读者》2021 年第 13 期）

一起去看山

阿 来

爬了一天山，袭来的疲倦使得大家意兴阑珊，我们便都在火堆边睡去了。我横竖睡不着，也许是因为过于兴奋，也许是因为海拔太高。这时，风停了，月亮升起来了，它用另一种色调的光将曾短暂陷落于黑暗的群山照亮。我喜欢山中静寂无声、光色纯净的月亮，就悄然起身，把褥子和睡袋搬到屋外的草地上。我躺在睡袋里，看月亮，看月光流泻在悬崖下属于杜鹃林和落叶松的地带。我花了更多的时间凝视一道冰川。那道冰川顺着悬崖从雪峰顶前向下流淌——纹丝不动，却保持着流动的姿态，然后，在正对我的那面几乎垂直的悬崖上猛然断裂。我躺在几丛鲜卑花灌木之间，正好面对着冰川的断裂处。那幽蓝的闪烁的光芒如梦似幻。我们骑着上山的马，帮我们驮载行李上山的马，就站在我的附近，垂头吃草或者咕吱咕吱地错动着牙床。我却只是静静地望着几乎就悬在头顶的冰川那十几米高的断裂面，在月光下泛着幽蓝的光芒。视觉感受到的光芒在脑海中似乎转换成了一种语言，我听见了吗？我听见了。听见了什么？我不知道，那是一种幽微深沉的语言。一匹马走过来，翕动着鼻翼嗅我。我伸出手，马伸出舌头。它舔我的手。粗粝的舌头，温暖的舌头。那是与冰川无声的语言相似的语言。

然后，我就睡着了。

越睡越沉，越睡越温暖。

早上醒来，我的头一伸出睡袋，就感到脖子间新鲜冰凉的刺激。睁开眼，看见的是一个银装素裹的白雪世界！我碰落了灌木丛上的雪，雪落在颈间，那便是清凉刺激的来源。岩石、树木、溪流、道路，所有的一切，都被蓬松洁净的雪覆盖。一夜酣睡，我竟然连下了一场铺天盖地的大雪都不知道！

那天早晨，兴奋不已的几个人也没吃东西，就起身在雪地里疾走，向着这条峡谷的更深处进发，直到无路可走才停住。最漂亮的景色是一个小湖。世界那么安静，曲折的湖岸上是新雪堆出的各种奇异的形状。那些形状是积雪覆盖着的物体造就的。一块岩石，一堆岩石，雪层杜鹃花的灌木丛，柏树正在朽腐的树桩，一两枝水生植物的残茎，都造成了不同的积雪形状。纹丝不动的湖水有些深沉。湖水中央是洁白雪峰的倒影。这是我离四姑娘山雪峰最近的一次。她就在我的面前，断裂的冰川，锋利的棱线，冰与雪的堆积，都清晰可见。

后来，我还在不同的季节到过四姑娘山。

春天和秋天，不同的植物群落，会呈现出丰富多彩的色调。

春天，万物萌发。那些灌木丛与乔木新生的叶子会如轻雾一般给山野笼罩上深浅不一的绿色，如雾如烟。落叶松氤氲的新绿，白桦树的绿闪烁着蜡质的光芒。不同的色调对应着人内心深处难以名状的情感。从那些应了光线的变化而变幻不定的春天的色彩中，人看到的不只是美丽的大自然，还看到了自己深藏不露的内心世界。美国诗人惠特曼的"拂开大草原上的草，吸着它那特殊的香味，我向它索要精神上相应的讯息"，说的就是这样的意思。

秋天，那简直就是灿烂色彩的交响乐。那么多种的红，那么多种的黄，被灿烂的高原阳光照亮。高原上特别容易产生大大小小的空气对流，那就是大大小小的风，风和光联合起来，吹动那些色彩不同的树——椴、枫、桦、杨、楸……那是盛大华美的色彩交响乐。高音部是最靠近雪线的落叶松那最明亮的金黄。高潮过后，落叶纷飞，落在蜿蜒的山路上，落在林间，落在溪涧中。路循着溪流，溪流载满落叶。下山，我们回到人间。其间，我们有可能遇到有些惊惶的野生动物，有可能遇见一群血雉，羽翼鲜亮。我们打量它们，它们也想打量我们，但到底还是害怕，便慌慌张张地遁入林间。

当然不能忽略夏天。

所有草木都枝叶繁茂，所有草木都长成了一样的绿色，浩荡、幽深、宽广。阳光落在万物之上，风再来助推，绿与光交相辉映，绿浪翻滚，那是光与色的舞蹈。那时，所有的开花植物都开出了花。那些开花植物都有着庞大的家族。杜鹃花家族、报春花家族、龙胆花家族、马先蒿家族，把所有的林间草地、所有的森林边缘，变成了野花的海洋。还有绿绒蒿家族、金莲花家族、红景天家族，它们都竞相开放，来赴这场夏日的生命盛典。

而这一切的背后，总有晶莹的雪峰在那里，总有蓝天丽日在那里，让人在这美丽的世界中想到高远，想到无限。我记起一个情景：当我趴在草地上把镜头对准一株开花的棱子芹时，一个人轻轻碰触我，告诉我不要因为拍摄一朵花而压倒了身下看上去更普通的毛茛花。我也阻止过准备把杜鹃花编成花环装点自己的年轻女士。这就是美的作用。美教导我们珍重美，美教导我们通向善。

冬天，雪线压低了。雪地上印满了动物们的足迹。落尽了叶子的森林呈现出一种萧疏之美。

（摘自《读者》2022 年第 7 期）

老人叶圣陶

马未都

那年月被人带去朋友家串门是很有面子的事情，有一天表哥跟我说，带你去叶三午家玩玩，我欣然随之前往。

叶三午是表哥的同事，因工伤而驼背严重，走起路来像个老年人。他见我面就随口叫我未都，和一家人一样。

我那时年少，在叶三午眼中可能傻傻的。三午属马，祖父叶圣陶、父亲叶至善都属马，叶三午是长子长孙，祖孙三代甲午、戊午、壬午均相隔廿四年，叶圣陶老人给长孙起名"三午"，大巧若拙，似俗实雅。

一开始，我没敢问，一直以为"三午"是"三五"，因为小学同学有叫六一、八一的，名字都与节日有关。我们小时候每年三月五日都要学雷锋，我无知地猜测这名字是否与此有关，谁知此"三五"非彼"三午"。

在我眼中，叶三午是个优雅的"愤青"，张嘴说的都是俄国文学、英法文学，表达时好夹杂点儿不太脏的脏话。在三午的家里聊天，时不时地会来客人，我都不认识，因为来人都比我大。多年后，看一些回忆他的文章说，来人多是名流，可惜我都不认识。

三午对科技产品很有兴趣，他有老式留声机，那时讲究听唱片；还有照相机，我记得他的老式相机是德国产的。莱卡与蔡司这些词，我年轻的时候光听到就涌起一股神秘感。

我记得至少去过叶家三次，都未能见到叶圣陶老人，只是老听三午说爷爷如何如何。他房间的墙上挂着一副爷爷写的篆书字对，"观钓颇逾垂钓趣，种花何问看花谁"。当时我认不全，尤其"垂"字，篆书字形奇特。我是问了三午才知道的。三午说，爷爷写的，爷爷最爱写这字对。我那时理解这字对的内容有些吃力，懵懵懂懂，深层之意弄不明白。很多年后在一场拍卖会预展上看见叶老同样内容的一副字对，上面有关于此对的说明，叶老写道："此为一九三九年所作《浣溪沙》中语，时余全家居四川乐山城外草舍，篱内二弓地略栽花木，篱外不远临小溪，偶有垂钓者，溪声静夜可闻。"

为了弄懂叶老释语中的"二弓地"，我还去查了字典。弓为丈量土地的器具，形状似弓，两端距离五尺。那么二弓地就是十尺，想来叶老在四川的草舍素朴，院落窄仄，可风景独好，触景生情的叶老才写下这富于哲理的名句。这话每过十年再读，感受都有不同：少时读之，旁观亦麻木；壮年读之，介入找感觉；中年读之，寻味有触动；今天读之，方知何为追求何为放弃。

表哥可能看出来我想见见叶老，遂对三午说，哪天让未都见见爷爷。三午的西屋常常满座，各路"神仙"，喜诗、喜文学、喜音乐、喜杂七杂八的，都是悄悄来悄悄走，少去惊动爷爷。爷爷住的北屋，在我眼中高山仰止，有一圈耀眼的光环。爷爷的文章收进课本，凡写进课本的文章在我眼中都是范文，高不可及。三午马上说，想见爷爷就今天，一会儿爷爷醒了就去。

我听了这话多多少少有些紧张。没等多久，三午就说，爷爷醒了，一会儿就在院子里和爷爷打个招呼。我和表哥随同叶三午走进院子时，叶圣陶老人正坐在树荫下的藤椅上，笑容可掬。我随三午叫了声"爷爷"，就再没敢说什么，三午就热情地将我与表哥的关系给爷爷介绍了一下，我想爷爷一定没听进去，但他仍频频点头，伸手拉住我。

我那时太年轻，自认为还是孩子，看爷爷完全是个传说中的老人。年轻时"老人"这一概念是神圣的，虽然与爷爷手拉着手，但仍感觉与爷爷隔着万水千山。爷爷太高大了，他再亲切和蔼也还是高大，他问了什么我都忘了，当然也想不起我说了什么。

去三午家是我最喜欢的事情，原因是总有意想不到的收获。那时人对文学的追求与向往是今天的年轻人所不能理解的，今天的孩子们可能是文学营养过剩了，反倒失去了对文学的兴趣。排队买书的景象再也看不见了，即便有人扎堆买书，也可能是追星一族的作为。而我们年轻时对书的喜爱只有"如饥似渴"能够形容。三午家永远有书，其中有些在当年算是禁书。古人读书有两种境界最诱人，一是"红袖添香夜读书"，二是"雪夜闭门读禁书"。我们这一代人最能读书的日子是反锁房门，备好凉水干粮读得昏天黑地。到"文革"后期，禁锢的门渐渐松开一条缝，禁书已可以公开谈论了，于是读书迎来了黄金时代。

有一次在三午家，我看见一本巴尔扎克的《高老头》，灰色硬皮封面，装帧朴素。我打开一看，扉页上有翻译家傅雷先生用毛笔写给叶圣陶老人的字样：圣陶先生教正。那是我第一次知道傅雷先生，这一深刻印象让我后来在出版社工作时斥资买齐了十五卷的《傅雷译文集》，至今还高高地搁在书房书柜的最上层。

看见《高老头》，我心中痒痒，没敢开口，表哥看出了我的心思，就替我向三午借。那年月，书都是借来借去的，不像今天书买了也常常不读。三午大方地将《高老头》借给了表哥，说："未都也读读，不着急还。"

巴尔扎克的所有作品中，《高老头》最让我刻骨铭心，因为这本珍贵的傅雷先生签名送给叶圣陶老人的书让我给弄丢了。严格地说是我的朋友弄丢的，当时的情况是朋友死乞白赖地非要先睹为快，我一时面薄，让他先读，可谁知他将书夹在自行车后架上丢了，丢了以后找了很久也没找到。

这件事让我内疚自责了很长时间，无法面对表哥与三午。从那之后，我才明白为什么古人常爱定下规矩：书与老婆概不出借。

丢书的事和三午说时我吞吞吐吐，三午却没埋怨我一句，反倒安慰我。他岔开话题缓解气氛，从大抽屉里取出一件弘一法师写的斗方，四个大字写得不食人间烟火：如梦如幻。三午说，这是李叔同送给爷爷的，他们很要好，这是他专门写给爷爷的，出自《金刚经》。"如梦如幻"在我年轻的多梦时节，有一种醉人的氤氲之气，自下而升，轻松透骨。这让我对爷爷充满了神圣的敬意。

从那以后我再去叶家，不知为什么总希望见到叶老，有时从窗户上偷窥，偶尔看见他独坐在藤椅上发呆，老人发呆非常可爱，显得深沉宁静。叶圣陶老人比我年长一个甲子，慈眉善目，神态祥和，符合传说中的神仙相貌；每当夕阳西下，余晖满天之时，爷爷如雕像般静坐丁香树下，让我深深感到修炼的力量。一位中国近代史上的知名学者，没有什么现成的词语可以描绘他，只有一个神圣的称谓最符合他的身份：老人。

老人叶圣陶在我的生命旅途中是一道灿烂的风景，一闪即过。但这道风景像一幅定格的照片永远摆在了我心中的案头，什么时候看它一眼，什么时候就有所收获，如同读陶渊明的《归去来兮辞》。

（摘自《读者》2022 年第 2 期）

雨 雪

路 遥

连绵的秋雨丝丝缕缕下个不停。其实，从节令上看，这雨应该叫冬雨。
天很冷了，出山的农人已经穿起臃肿的棉衣棉裤。

透过窗玻璃，我惊讶地发现，远方高海拔的峰尖上隐约出现了一抹淡
淡的白。

那无疑是雪。

心中不由得泛起一缕温热。

想起童年，想起故乡的初冬，也常常会有这样的时刻，冰冷的雨雾中
蓦地发现山尖上出现了一顶白色的雪帽。绵绵细雨中，雪线在不断地向
山腰扩展。狂喜使人不由得久久呆立在冷风冻雨中，惊叹大自然神奇的
造化。

对雨，对雪，我永远有一种说不清、道不明的情愫。深夜，一旦外面

响起雨点的敲击声，我就会从深深的睡梦中被唤醒。即便是无声无息的雪，我也能在深夜的床上感觉到它的降临。

雨天，雪天，常让人有一种莫名的幸福感。我最爱在这样的日子里工作，灵感、诗意和创造的活力能尽情喷涌。

对雨雪的崇拜和眷恋，最早也许是因为我所生活的陕北属严重的干旱地区。在那里，雨雪就意味着丰收，它们和饭碗密切相关——也就是说，它们和人的生命相关。小时候，无论下雨还是下雪，我便会看见父母及所有的农人，脸上不由自主地露出喜悦的笑容。要是长时间没有雨雪，人们就陷入愁苦，到处是一片叹息声，整个生活都变得十分灰暗。另外，一遇雨雪天，人们就不能出山，对长期劳累的庄稼人来说，就有理由躺倒在土炕上香甜地睡一觉。雨雪天犹如天赐假日，人们的情绪格外好，往往也是改善伙食的良机。

久而久之，我便对这雨雪产生了深深的恋情。童年和少年时期，每当下雨或下雪，我都激动不安，经常要在雨天雪地里漫无目的地游逛，感受被雨雪沐浴的快乐。

我永远记着那个遥远的大雪纷飞的夜晚，我有生第一次用颤抖的手握住初恋女友的手。那美好的感受令人怀念如初。我曾和我的女友穿着厚厚的冬装，在雨雪弥漫的山野手拉着手不停地走啊走，并仰起头让雨点、雪花落入我们口中，沁入我们的心脾。

现在，身处异乡这孤独的地方，又见雨雪纷纷，双眼忍不住热辣辣的，无限伤感油然而生。岁月流逝，物是人非，无数美好的过去是再也不能唤回了。只有拼命工作，只有永不休止地奋斗，只有创造新的成果，才能弥补人生的无数缺憾，才能使青春之花即便凋谢也是壮丽的凋谢。

愿窗外这雨雪构成的图画在心中永存。雨雪中，我感受到整个宇宙就是慈祥仁爱的父母，抚慰着我躁动不安的心灵，启示我走出迷津，去寻找生活和艺术从未涉足过的新境界。

（摘自《读者》2022 年第 23 期）

猫 婆

冯骥才

　　我那小阁楼的后墙外，居高临下可见一条又长又深的胡同，我称它为猫胡同。每日夜半，这里是猫儿们无法无天的世界。它们戏耍、求偶、追逐、打架，叫得厉害时有如小孩扯着嗓子号哭。吵得人无法入睡时，便常有人推开窗大吼一声"去——"，或者扔块石头、瓦片轰赶它们。我在忍无可忍时也这样怒气冲冲干过不少次。每每把它们赶跑，静不了多时，它们又换个地方接着闹，通宵不绝。为了逃避这群讨厌的家伙，我真想换房子搬家。奇怪，哪来这么多猫，为什么偏偏都跑到这条胡同里来"聚众闹事"？

　　一天，我到一位朋友家去串门，他养猫，而且视猫如命。

　　我说："我挺讨厌猫的。"

　　他一怔，扭身从墙角的纸箱里掏出个白色的东西放在我手上。呀，一只毛线球大小雪白的小猫！大概它有点儿怕，缩成个团儿，小耳朵紧紧贴在脑袋上，一双纯蓝色亮亮的圆眼睛柔和又胆怯地望着我。我情不自禁地赶快把它捧在怀里，拿下巴爱抚地蹭它毛茸茸的小脸，竟然对这位朋友说："太可爱了，把它送给我吧！"

朋友笑了，笑得挺得意，仿佛他用一种爱战胜了我不该有的一种怨恨。他家的大猫这次一窝生了一对小猫——一只有着一双金黄色的眼睛，一只有着一双天蓝色的眼睛。尽管他不舍得送人，对我却例外地割爱了，似乎为了要在我身上培养出一种与他同样的爱心来。

小猫一入我们家，便成了我们全家人的情感中心。起初它小，趴在我手掌上打盹儿睡觉，我儿子拿手绢当被子给它盖在身上，我妻子拿空眼药瓶吸牛奶喂它。它呢，喜欢像婴儿那样仰面躺着吃奶，吃得高兴时便用四只小毛腿抱着你的手，伸出柔软的、细砂纸似的小红舌头亲昵地舔你的手指尖……就这样，它长大了，成为我们家中的一员，并有着为所欲为的权利——睡觉可以钻进任何人的被窝儿，吃饭可以跳到桌上，蹲在桌角，想吃什么就朝什么叫，哪怕最美味的一块鱼肚或鹅肝，我们都会毫不犹豫地让给它。嘿，它夺去我儿子受宠的位置，我儿子却毫不妒忌它，反给它起了顶漂亮的名字，叫蓝眼睛。这名字起得真好！每当蓝眼睛闯祸——砸了杯子或摔了花瓶，我发火了，要打它，但只要一瞅它那纯净光澈、惊慌失措的蓝眼睛，我心中的火气就顿时全消，反而会把它拥在怀里，用手捂着它那双因惊恐而瞪大的蓝眼睛，不叫它看，怕它被自己的冒失吓着……我也是视猫如命了。

入秋，天一黑，不断有些大野猫出现在我家的房顶，大概是从后面的猫胡同爬上来的吧。它们个个都很丑，神头鬼脸向屋里张望。它们一来，蓝眼睛立即冲出去，从晾台蹿上屋顶，和它们对吼、厮打，互相穷追不舍。我担心蓝眼睛被这些大野猫咬死，关紧通向晾台的门，蓝眼睛便发疯似的抓门，还哀哀地向我乞求。后来我知道蓝眼睛是小母猫，它在发狂地爱，我便打开门不再阻拦。它天天夜出晨归，归来时，浑身滚满尘土，两眼却分外兴奋明亮，像蓝宝石。就这样，它在很冷的一天夜里出去了，没再回来，我妻子站在晾台上拿根竹筷子"当当"敲着它的小饭盆，叫它，一连三天，期待落空。意想不到的灾难降临——蓝眼睛丢了！

情感的中心突然失去，家中每个人的心都空了。

我不忍看妻子和儿子噙泪的红眼圈，便房前屋后地去找。黑猫、白猫、黄猫、花猫，大猫、小猫，各种模样的猫从我眼前跑过，唯独没有蓝眼睛……懊丧中，一个孩子告诉我，猫胡同顶里边一座楼的后门里，住着一个老婆子，养了一二十只猫，人称"猫婆"，蓝眼睛多半是让她的猫勾去的。这话点亮了我的希望。

当夜，我钻进猫胡同，在没有灯光的黑暗里寻到猫婆家的门，正想察看情形，忽听墙头有动静，抬头吓一跳，几只硕大的猫影黑黑地蹲在墙上。我轻轻地唤一声"蓝眼睛"，猫影全都微动，眼睛处灯光似的一闪一闪，并不怕人。我细看，没有蓝眼睛，就守在墙根下等候。不时走开一只，跳进院里；不时又从院里爬上一只来，我一直没等到蓝眼睛。但这院里似乎是个大猫洞，我那可怜的宝贝多半就在里边猫婆的魔掌之中了。我冒冒失失地拍门，非要进去看个究竟不可。

门打开，一个高高的老婆子出现——这就是猫婆了。里边亮着灯，她背光，看不清面孔，只是一条墨黑墨黑的神秘身影。

我说我找猫，她非但没拦我，反倒立刻请我进屋去。我随她穿过小院，又低头穿过一道小门，是间阴冷的地下室。一股浓重噎人的猫味马上扑鼻而来。屋顶很低，正中吊着一个很脏的小灯泡，把屋内照得昏黄。一个柜子，一个生铁炉子，一张大床，地上有几只放猫食的破瓷碗，再没别的，连一把椅子也没有。

猫婆上床盘腿而坐，她叫我也坐在床上。我忽见一团灰突突的棉被上，东一只西一只横躺竖卧着几只猫。我扫一眼这些猫，还是没有蓝眼睛。猫婆问我："你丢的那只猫长什么样儿？"我描述一遍，她立即叫道："那只大白波斯猫吧？长毛？大尾巴？蓝眼睛？见过见过，常从房上下来找我们玩儿，还在我们这儿吃过东西呢，多疼人的宝贝！丢几天了？"我盯住她那略显浮肿、苍白无光的老脸，看到的只有焦急，却无半点儿装假的神气。我说："五六天了。"她的脸顿时阴沉下来，停了片刻才说："您甭找了，回不来了！"我很疑心她说这话是为了骗我，目光搜寻可能藏匿蓝眼睛的地方。这时，猫婆的手忽向上一指，呀，迎面横着的铁烟囱上，竟然还趴着好长一排各种各样的猫！有的看着我，有的闭着眼，它们是在借着烟囱的热气取暖。

猫婆说："您瞧瞧吧，这些都是叫人打残的猫！从高楼上摔坏的猫！我把它们拾回来养活的。您瞧那只小黄猫，那天在胡同口被孩子们按着打，孩子们还要烧死它，我急了，一把从他们手里把它抢过来！您想想，您那宝贝丢了这么多天，哪还有好？现在乡下常来一伙人，下笼子逮猫吃，造孽啊！他们在笼子里放了鸟儿，把猫引进去，笼门就关上……前几天我的一只三花猫就没了。我的猫个个喂得饱饱的，不用鸟儿绝对引不走，那些狼心狗肺的家伙，吃猫肉，叫他们吃！吃得烂嘴、烂舌头、浑身烂，长疮、烂死！"

她说得脸抖，手也抖，点烟时，烟卷抖落在地。烟囱上那只小黄猫，瘦瘦的，尖脸，很灵，立刻跳下来，叼起烟，仰起嘴，递给她。猫婆脸笑开花，咧着嘴不住地说："您瞧，这小东西多懂事！"像在夸赞她的一个小孙子。

我还有什么理由怀疑她？面对这天下受难猫儿们的救护神，我告别出来时，不觉带着一点儿惭愧和狼狈的感觉。

蓝眼睛的丢失虽使我伤心很久，但从此我竟不知不觉开始关切所有猫儿的命运。猫胡同再吵再闹也不再打扰我的睡眠，似乎有一只猫叫，就说明有一只猫活着，反而令我心安。猫叫声成了我的安眠曲……又过了一年，到了猫儿们求偶的时节，猫胡同却忽然安静下来。

我妻子无意间从邻居那里听到一个不幸的消息：猫婆死了。

据说，猫婆本是先前一个米铺老板的小婆，被老板的大婆赶出家门，住在猫胡同那座楼第一层的两间房子里。后来，又被当作资本家的老婆，轰到地下室。她无亲无故，孑然一身，拾纸壳为生，以猫为伴，但她所养的猫没有一个良种好猫，都是拾来的弃猫、病猫和残猫。她天天从水产店捡些臭鱼烂虾煮了，放在院子里喂猫，也就招引来一些无家可归的野猫填肚充饥，有的干脆在她家落脚。她有猫必留，谁也不知道她家到底有多少只猫。

曾有人为她找了个伴儿，那是个卖肉的老汉。结婚不过两个月，老汉忍受不了这些猫闹、猫叫、猫味儿，就搬出去住了。人们劝她扔掉这些猫，接回老汉，她执意不肯，坚持与这些猫共享无人能解的快乐。

两个月前，猫婆得急病猝死，老汉搬回来，第一件事便是把这些猫统统轰走。被赶跑的猫儿依恋故人故土，每每回来，必遭老汉一顿死打，这就是猫胡同忽然不明不白静下来的根由了。

这消息使我的心一揪。那些猫，那些在猫婆的床上、被上、烟囱上的猫，那些残的、病的、瞎的猫儿呢？那只尖脸的、瘦瘦的、为猫婆叼烟卷的小黄猫呢？如今它们漂泊街头、饿死他乡，被人弄死，还是让人用笼子捉去吃掉了？一种伤感与忧虑从我心里漫无边际地散开，散出去，随后留下的是一片沉重的空茫。这夜，我推开后窗向猫胡同望去，只见月光下，猫婆家四周的房顶墙头趴着一只只猫影，有七八只，黑黑的，全都默不作声。这些都是与猫婆生死相依的伙伴，它们在等待着什么啊？

从这天起，我常常把吃剩下的一些东西，一块馒头、一个鱼头或一片饼扔进猫胡同，这是我仅能做到的了。但这些年，我也不断听到一些猫这样或那样死去的消息，即使街上一只猫被轧死，我都认定必是从猫婆家里被驱赶出来的流浪猫。入冬后，我听到一个令人战栗的故事——我家对面一座破楼修理屋顶，白天瓦工们换瓦时活没干完，留下个洞，一只猫为了御寒，钻了进去；第二天瓦工们盖上瓦走了，这只猫无法出来，急得在里边叫。住在这楼顶层的五六户人家都听到猫叫，还有猫在顶棚上跑来跑去的声音，但谁家也不肯将自家的顶棚捅坏，放它出来。这只猫叫了整整三天，声音开头很大，很惨，瘆人，但一天比一天微弱下来，直至消失！

听到这个故事，我彻夜难眠。

更深夜半，天降大雪，猫胡同里一片死寂，这寂静化为一股寒气透进我的肌骨。忽然，后墙下传来一声猫叫，在大雪涂白了的胡同深处，猫婆故居那墙头上，孤零零趴着一只猫影，在凛冽中蜷缩一团，时不时哀叫一声，甚是凄婉。我心一动，是那尖脸小黄猫吗？忙叫声："咪咪！"我想下楼去把它抱上来，谁知一声唤，将它惊动，它起身慌张地跑掉了。

猫胡同里便空无一物。只剩下一片夜的漆黑和雪的惨白，还有奇冷的风在这又长又深的空间里呼啸。

匾上的字

刘震云

老景是安阳汤阴人，汤阴离殷墟近，贩卖古董方便。老景从二十岁起，便跟着人贩卖古董。转眼二十年过去，老景贩卖古董赚了钱，便在汤阴县城古衙边买了一块地，盖起一座院落。汤阴古衙一带，是县城最繁华的地段。院落三进三出。院落盖起，老景想在门头悬一块匾。他看清朝和民国留下来的大宅，门头上都悬着一块匾，匾上镂空雕字，要么是"荣华富贵"，要么是"吉祥如意"等。门匾在外边经受风吹日晒、雨淋雪打，需要一块好木头，要么是楠木，要么是檀木，要么是枣木。

老景的二姑家，在延津塔铺，家里年前盖好院落，年关老景到塔铺串亲戚，吃饭间，闻知塔铺的木匠老范当年买了一棵长了两百多年的大枣树。枣树被解成板，打成了桌椅板凳，但有一块树心还留在家里。老景便到老范家查看。老景一看这树心不俗，有年头，又坚硬似铁，便花了二百块钱，从老范手里买走了这块树心。安阳林州，有专做木雕生意的木匠，他们的工钱比普通木匠的贵三倍。在林州木雕木匠里，手艺数一数二的，是一个叫老晋的人。老景把老晋请到家，让老晋查看这块树心。老晋用手指叩了叩树心，又把树心翻来覆去查看半天，点点头："不错，是块好木头。"

"当得起门头？"

"当得起是当得起，关键是，想雕个啥？"

"'荣华富贵'，或'吉祥如意'。"

"到底想雕啥？"

老景："门头上的字，都是一个意思，你看着办吧。"

雕一块门匾，需要八天到十天的工夫，老晋便在老景家的新院子里住了下来。老景新盖的院子，老景一家还没搬进来，老晋倒自己先住了进去。当然屋子还是空的，只是在前院的一间偏房里，给老晋搭了个床铺。老晋在住进来的头一天上午，将"荣华富贵"四个字从字帖上拓到纸上，又将"吉祥如意"四个字从字帖上拓到纸上，将两幅字摊在院子里，衡量该雕哪一款。左右衡量，拿不定主意。拿不定主意不是因为两幅字在含义上有什么差别，而是在计算二者的笔画：笔画多的字雕刻起来麻烦，镂空之后，笔画与笔画间连接的木头薄，每下一刀，都要仔细思量；笔画少的，笔画和笔画之间，不用动的木头多，连接的木头厚实，雕刻起来省工省力。二者各四个字，其中都有笔画多的字，笔画计算下来，二者数目差不多，花的工夫也差不多，所以犹豫。正犹豫间，一人踱步到院子里，背着手，打量老景家的院落，从前院踱到中院，又踱到后院，半天工夫，又回到前院。老晋一开始以为这人是老景的家人或亲戚，也没在意，后来看他打量院落的眼神，像头一回进这院落，知道是一个生人，便说："客人看看就走吧，我也不是这里的主人，只是被人家雇来干活的。你待的时间长了，主人知道了，面皮上怕不大好看。"

那客人再打量一眼院落，问："这院落的结构，是从安阳马家大院套来的吧？"

"我只是个木匠，不是砖瓦匠，看不透房子的盖法。"

"可是，结构跟马家大院像，一砖一瓦的盖法，差池又大了，白辜负了这些砖瓦和这个地段。"那客人又说，"看似房子的盖法有差池，区别还在于房子主人胸中有无点墨啊。"

"听客人话的意思，你是个读书人？"

"读书人谈不上，爱四处走走。"客人又说，"刚去古衙参观，看这边新起一座院落，大门开着，就进来看看。老人家，打扰了。"

说完，便向院外走。这时看到地上放着两幅字，一幅是"荣华富贵"，另一幅是"吉祥如意"，又停住脚步："这是要干吗？"

"我是一个木匠，主人要雕一块门匾，让我从中选一幅字。"

客人笑了："不是我多话，这两款字，和这房子的盖法一样，都太俗。"

"我刚才犹豫，也有这方面的原因，这两款字，我雕了一辈子，也雕烦了。"老晋又问，"客人，你是读书人，你有什么好主意？"

"即便我有主意，你替人家干活，也做不了主啊。"

"主人跟我交代，门匾上雕什么，由我做主。"

客人笑了："这胸无点墨倒也有胸无点墨的好处。那我替你想一想。"

客人低头沉吟半天，仰起头说："上午在火车上，我读了一本书，其中有一个词，平日也见过，但放到这本书里，就非同一般，叫'一日三秋'，就是'一日不见，如隔三秋'的意思，这在人和人之间，是一句顶一万句的话啊。"

"问题是，这词放到门头上合适吗？"

"这词放到门头上，它的意思就转了，说的就不是人和人的关系，而是人和地方的关系，在这里生活一天，胜过在别处生活三年，你说合适不合适？"

老晋拊着掌说："这词有深意，而且不俗，我喜欢，我就雕这个。"

客人走后，老晋开始在枣木上雕刻"一日三秋"四个字。其实，老晋雕"一日三秋"四个字，并不是看中这四个字的深意和不俗，字意深不深、俗不俗老晋并不计较，主要是"一日三秋"四个字的笔画，比"荣华富贵"或"吉祥如意"四个字的少一半不止，雕刻起来少费工夫。待雕好，请老景过来看。老景看后，愣在那里："你咋雕了个这，不是说好的雕'荣华富贵'或'吉祥如意'吗？"

"那两款都太俗，这个不俗。"接着，老晋将那客人对"一日三秋"的解释，向老景解释了一遍。

老景说："这个是不俗，得向人解释，'荣华富贵'和'吉祥如意'是俗了，但大家一看就明白。现在，等于把简单的事搞复杂了。事先，你咋不告诉我呢？"

"你不是说，让我做主吗？"

老景哭笑不得："我是说让你在'荣华富贵'和'吉祥如意'间做主，你咋做到外边去了呢？"

"既然这样，你再找块板子，我重新雕就是了。"

"罢了罢了，一块门匾，怎么挂不是挂，别再把事情搞复杂了。"老景又说，"'一日三秋'，说起来也不是坏词。"

老晋松了一口气："可不。"

普通而又独特的语言

汪曾祺

好语言不古怪

鲁迅的《高老夫子》中，高尔础说："女学堂真不知道要闹成什么样子，我辈正经人，确乎犯不上酱在一起。""酱"字甚妙。如果用北京话说成"犯不着和他们一块掺和"，味道就差多了。沈从文的小说，写一个水手，没有钱，不能参加赌博，就"镶"在一边看别人打牌。"镶"字甚妙。如果说是"靠"在一边，"挤"在一边，就失去了原来的味道。"酱"和"镶"，大概本是口语，绍兴人（鲁迅是绍兴人）、凤凰人（沈从文是湘西凤凰人），大概平常就是这样说的，但是在文学作品里没有人这样用过。

屠格涅夫写伐木的散文诗，有一句"大树缓慢地、庄重地倒下了"。"庄重"不仅写出了树的神态，而且引发了读者对人生的深沉、广阔的感慨。

阿城的小说里写"老鹰在天上移来移去"，这非常准确。老鹰在高空，人是看不出翅膀扇动的，看不出鹰在"飞"，只是"移来移去"。同时，这写出了知青的寂寞心情。

我曾经在一个果园劳动，每天下工，天已昏暗，总有一列火车从我们果园的"树墙子"外面驰过，车窗的灯光映在树墙子上，我一直想写下这个印象。有一天，终于抓住了。

车窗蜜黄色的灯光连续地映在果树东边的树墙子上，一方块，一方块，川流不息地追赶着……"追赶着"，我自以为写得很准确。这是我长期观察、思索，才捕捉到的印象。

好的语言，都不是稀奇古怪的语言，不是鲁迅所说的"谁也不懂的形容词之类"，都只是平常普通的语言，只是在平常语中注入新意，写出了"人人心中所有，而笔下所无"的"未经人道语"。

平常而又独到的语言，来自长期的观察、思索、捉摸。

读诗不可抬杠

苏东坡有诗云："春江水暖鸭先知。"这是名句，但当时就有人说："鸭先知，鹅不能先知耶？"这是抬杠。

林和靖咏梅的"疏影横斜水清浅，暗香浮动月黄昏"，是千古名句。宋代就有人问苏东坡，这两句写桃杏亦可，为什么就一定写的是梅花？东坡笑曰："此写桃杏诚亦可，但恐桃杏不敢当耳！"

有人对"红杏枝头春意闹"有意见，说："杏花没有声音，'闹'什么?""满宫明月梨花白",有人说:"梨花本来是白的,说它干什么?"

跟这样的人没法谈诗。

(摘自《读者》2022 年第 2 期)

寒 林

蒋 勋

在北地做客，主人担心我从南方来，不耐寒冬，入夜前在壁炉里多加了柴火。火光炽热旺盛，我看了一会儿书，有些困倦，不觉睡着了。

醒来的时候，听见风声。枯叶被刮在地面上，簌簌作响。我觉得窗隙间什么东西很亮，拉开窗帘，月光"哗"一下子涌进室内，抬头看，枯树林间一轮又大又白的满月。

这是北国入冬的寒林，树叶都脱落尽了，没有遮蔽，月光才能这么清澄透明。

主人已入睡，壁炉还有余温。我不想惊扰他，蹑手蹑脚，穿衣戴帽，准备到外面走走。

拉开通向树林的门，迎面一阵寒风。我赶紧把门关上，一大片枯叶扑头扑脸罩下来。我拉低帽檐，竖起衣领，把自己用大衣紧紧包好，顶着风，走向树林间的小径。

我在大风里站不稳，还要小心脚下薄冰的湿滑，走得特别谨慎。

白天这树林里有鹿，主人放了鹿食，大小雌雄六七头鹿就从树林深处出来觅食。松鼠、浣熊更是常见，在餐厅用餐，这些小动物就趴在窗户边看着你，好像在等待一些赏赐。

此刻树林却如此寂静空白。圆圆的月亮，像一盏巨大的照明灯，在树林间移动逡巡，好像照得狐鼠夜枭四处窜逃，没有隐藏遁形的地方。

月光里只有乱飞的枯叶，像被惊动的鸟，惊慌飞扑。一时从地面陡然升起，一时向同一方向回旋追逐，一时又齐齐坠落。

我看到的是漫天枯叶乱飞，却想起王维的诗句："月出惊山鸟。""惊"字用得真好，原来北国寒夜，月光清明，可以如此惊天动地。

宋人画山水，有"寒林"一格。专门描绘北方入冬树叶落尽以后的荒寒萧瑟。李成是画这寒林的高手，他的真迹多已不传，但有许多后人摹本，也还可以从中窥见宋人眷爱寒林的独特美学品格。

我看过几件印象深刻的"寒林"。旧黯的纸绢上，墨色很灰，干笔枯涩，像老人不再青春的头发，灰白灰白，却也华贵安静。

唐代绘画追求华丽浓艳，喜欢用大金大红大绿。对比强烈、高明度高彩度的颜色，像春花烂漫，使人目不暇接，使人陶醉眷恋，不能自持。

由唐入宋，好像夏末秋初，季节从繁花盛放逐渐转入寂灭。看到花谢花飞，看到花瓣一片一片在空中散去。看到即使秋天霜叶红于染，如此绚烂耀眼，一到寒风乍起，万般繁华，离枝离叶，最后剩下的只是一片枯树寒林。

宋人画寒林，是已经看尽了繁华吧！

寒林间因此有一种肃静，一种瑟缩，一种凝冻，一种生命在入于死灭前紧紧守护自己的庄严矜持。

从小径穿过树林，好像行走于月光下的水中。有时风起，水里都是波澜，心事也荡漾起来。风一停，月光特别寂静，寂静到像琴弦上最细的一个持续的高音。那高音是寒林里孤独者的啸傲，变徵、变羽，越来越高亢，就是不肯降下来作低卑的妥协。

我在南方的故乡，少有寒冬，四季如春，不容易体会寒林的孤傲顽强，也不容易体会寒林的苍凉洁净。

（摘自《读者》2022 年第 22 期）

一只不抓耗子的猫

张　洁

我常对人说，我们家的猫出身于书香门第。这不仅因为它是宗璞同志送给我的，还因为它有书癖。只要书橱上的玻璃门没有关严，它肯定会跳进去，把每本书挨个儿嗅一遍，好像它能把书里写的事，嗅个一清二楚。那情景和人在图书馆浏览群书，或在新华书店选购图书没什么两样。

每当我伏案写作的时候，它不是在我的稿纸上走来走去，便是安静地蹲在我的稿纸旁，看我写作。两个眼珠子随着我的笔尖移来移去，好像能看懂那些字……直到夜深，它困了，困得直打盹儿，可还是不肯回窝。

它是一只自觉性很差的猫，除了两次例外的情况，没有一次按时就寝。一次是吃多了，胃里不舒服，一次是受伤了。

那次受伤全怪我。因为我关门不注意，夹了它的一只前爪，那只爪子肿得很厉害，还流黄水。

我在床上铺了一张报纸，让它躺在那张报纸上养息。在这之前，我是不允许它上床的。它很乖，一直恪守这条不成文的规定。

但从此便开了先例，在上午九点到十一点之间，它总要上床睡一觉，我只得每天在床上铺一张报纸。它很有规矩，从不越过我给它规定的这一方报纸的界限。

应该说，它的记性和悟性都不差。第一次来我家时，一进家门，我只把它在一个装了煤灰的纸盒子里放了放，它便领悟那是给它准备的厕所，当即举行了"开幕典礼"。它的下巴齐着纸盒的边沿，只露出小脑袋和竖着的尾巴，然后神色庄重地撒了第一泡尿。我们被它那专注、严肃而又认真的神情逗得哈哈大笑，它却不为所动，眼睛眨也不眨，依旧瞧着正前方。

以后我注意到，它每每上厕所，都是这副神态。

它还很有好奇心。要是有人敲门，它总是第一个跳到门口去看个究竟。若是我们宰鸡，或钉个钉子，或安装个小玩意儿，它比谁都兴奋。

只要纸盒里换了新的煤灰，它准跳进去撒泡尿，哪怕刚刚上过厕所。

家里不论有了什么新东西，它总要上去试一试。有一次，我从橱柜里找出一个旧网篮，它立即跳进去，卧了卧，将它设为自己的第二公馆。

它喜欢把土豆、辣椒、枣子什么的叼进痰盂，或把我们大大小小的毛巾叼进马桶，然后蹲在痰盂旁或马桶沿上，脑袋歪来歪去地欣赏自己的杰作。

要是大家都在忙活，没人注意它，或大家有事出了门，只丢下它自己在家，它便会站在走廊里，一声接一声凄凉地嗥叫。

它听得出家里每个人的脚步声。尽管我们走路很轻，并且还在门外楼梯上踏步的时候，它便早早守在门旁。它知道玩游戏的时候找谁，吃食的时候找谁，并且像玩杂耍的乞讨人，在你面前翻几个滚。

有时它显得心浮气躁，比方逮不着一只飞蛾或苍蝇的时候，就像那些意识到自己无能的人一样，神经质地在地上来回扭动，嗓子眼儿里发出一连串痛苦、无奈、带着颤音的怪叫。

它会一个小时接一个小时地蹲在窗台上，看窗外的飞鸟、风中抖动的树叶、院子里嬉戏的孩子、邻家的一只猫……那时，它甚至显得忧郁和凄凉……

它的花样实在太多了，要是你仔细观察，说不定可以写出一部小说。

我们都很爱它，要是有人说它长得不好看，那真会伤我们的心。记得有位客人说："这猫的脸怎么那么黑？"

客人走后，母亲翻来覆去地念叨："谁说我们猫的脸黑！它不过是在哪儿蹭脏了。"于是，母亲给它洗澡洗得更勤了，并且更加用力洗它的脸。

逢到我写作累了，或是心绪不好的时候，我就和它玩上一阵，那是我一心一意、彻彻底底的休息。

但是，它长大了，越来越淘气，过去我们认为万无一失的地方，现在都不安全了。而且它鬼得很，看上去睡得沉沉稳稳，可你前脚出门，它后脚就干坏事：咬断毛线，踹碎瓷器，把眼镜、笔、手表、钥匙不知叼到什么地方去，害得你一通好找，或是在我那唯恐别人乱动的书桌上驰骋一番……然而，只要一听见我们的脚步声，它便立刻回到窝里，没事人儿似的假寐起来。

我们就说："这猫太闹了，非把它送人不可。"

不过我们说说而已，并不当真。最后促使我下决心把它送走的原因，是它咬碎了一份我没留底稿的文章。再加上天气渐渐热了，一进我们家的门，就能嗅到猫屎、猫尿味儿。还有，给猫吃的鱼难买。于是我们决定把它送给邻居。

它像有第六感，知道大难临头，不知躲进哪个旮旯儿，怎么找也找不到。我把众人请出屋子，因为它平时最听我的招呼。费了好大劲儿，终于把它引了出来。

母亲说："给它洗个澡再送走吧，它又蹭黑了。"那几天，母亲的血压又上去了，没事待着头都晕。

我说："您歇会儿吧，这又不是聘闺女。"

它走了，连它的窝、它的厕所，一起搬走了。

屋里安静了，所有怕碰、怕磕、怕撕的东西，全都安全地待在它们该待的地方，然而我们都感到缺了点儿什么。

那一整天，我心里都很不是滋味。老在想，它相信我，超过了相信自己绝对可靠的直觉，由于感情用事放弃了警觉，以为我招呼它，是要和它玩耍。当它满心欢喜地扑向我时，我却把它送走了。

我尝到了一点儿"出卖"他人的滋味。

欺骗一只不知奸诈的动物，就跟欺负一个天真、轻信的儿童一样，让人感到罪过。

第二天一早，母亲终于耐不住了，去邻居家看看情况如何。邻居抱怨说，一进他们家，它就不见了。一点儿动静也没有，已经二十四小时没吃没喝、没拉屎没撒尿了。

可它听见母亲说话的声音，立刻从遁身之处钻了出来。母亲抱住它，心疼地说："我们不给了。"

邻居大概也看出来这是一只难对付的猫，巴不得快点儿卸下这个包袱。

母亲抱着它和它的窝、它的厕所又回来了。一进家门，它先拉了一泡屎，又撒了一泡尿，依旧神色庄重，依旧在众目睽睽之下。

然后它在沙发上、床上、书桌上、柜子上，跳上跳下，猛一通疯跑，显出久别重逢后的兴奋和喜悦。母亲一面给它煮鱼，一面叨叨："他们连人都喂不好，还能喂好猫？以后就是送人，也得找一家疼猫的。"

现在，七十多岁的母亲，依旧为给猫买鱼而四处奔波，我们家里依旧有一股猫屎、猫尿的臊味儿和煮鱼的臭味儿。而且这次惩罚，并未对它起到什么教育作用，它依旧不断惹我们生气，生气之后我们还是会说："这猫太闹了，非把它送人不可。"

可我知道，除非它自己不愿在我们家待下去，不然，它一定会老死在我们家。

（摘自《读者》2022 年第 19 期）

可怕的穿越

张　炜

莽撞入洞

学校大门前不远处有一道一尺多宽的石砌引水道。水道从东向西，一直通到了远处的一条小河里，是排脏水用的。那时我们并不认为水有多脏，只觉得常年不息的潺潺流水很好玩。后来煤矿开工了，要建煤场、堆积矸石，施工的人就把石砌的水道用水泥板盖上。这样，我们学校前面的一段水道还可以看见水流，再往西就消失在煤场和矸石山下面，成了一条漫长的地下水道。

有一天傍晚我们几个人放学回家，背着书包走到水道旁时，一个同学指着它说："敢不敢从这里钻进去，再从那一边钻出来？"

我说:"这有什么不敢!"

其他人一齐响应。不知是谁带头跳进了水道,我们也就排成一行,四肢伏地,像穿山甲那样在黑洞里往前移动。

窄窄的地下水道刚刚能容下一个人的身体,我们进去后才知道前行有多艰难:既无法回头,也不能抬头,只能一点一点往前挪动。头顶的水泥板有的断裂了,我们往下弓着身子,要使劲贴紧地面才能钻过去。爬行了半个多小时,一直都在黑暗中,没有一点亮光。我们开始后悔、害怕和沮丧。如果从这里退回去,那将有更大的困难:后退比前进要难上许多倍。

我的脖子疼得要命,很想抬头喘一口气、蹲下来歇一会儿。可是没法抬头,更不能蹲下。想吸一口清新的空气更是不可能,越是往前越是臭气熏天。我的头一阵胀疼,在心里诅咒那个提议者。但我已经没有力气骂出来,只有屏气往前挪动。

我前边有一个人,我问他看没看到光亮,他喘着气说没有。我这才想起从学校到河岸不知有多远呢,也就是说,我们以这样的速度,很可能要爬上大半天。天哪,这将是一次多么可怕的穿越!

恐惧来袭

然而反悔已经太晚,没有办法,只得往前。脚下和手下有时能触到尖利的瓷片、玻璃之类,被割伤是难免的。但没有一个人叫苦,没有一个人喊疼。好几次实在忍不住,要昂头伸展一下脖颈,却被碰起一个大包。即便这样也没有人喊出来。这时候人人心上都压了一个沉重的问号:什么时候才能出去?每个人都被恐惧和忧虑攫住了。

假使前边有一块水泥板塌下来,我们的通路被拦腰截断,那将怎样?

那就不管愿意不愿意，也必须花上双倍的力气倒爬回去——说不定刚爬了半截力气就使尽了。

我听到有人轻轻抽泣。不知是谁喊："不准哭！"抽泣声收了回去。

我这时想起了母亲，想起了我们的小泥屋。母亲在等我回去呢。太阳一定早就落山了，全家人都在盼着，可就是不知道我们正在一条又黑又长的地洞里蠕动。

我太累了，而且嗓子紧得喘不过气来。我们爬行的速度越来越慢。更可怕的是伸手不见五指的水道里偶尔有什么滑溜溜的东西蹿过——我的脑海中闪过一道影子，立刻想到了蛇。我的心咚咚跳起来。这时候如果有一条蛇从腹下钻过，那该多么可怕。不知怎的，我总觉得有一条蛇或更多的蛇挤成一个球，待在水道的某个角落里。

我把呼吸放得轻轻的，生怕惊动了蛇。我的头顶到了前边的同学，他身上的热气驱除了我的恐惧。我一伸腿又碰到了后边的同学，他的一声"哎哟"顿时让我壮起了胆子。

绝境爬行

前前后后的同学，他们在想什么？

我手脚麻木，已经完全是在机械地挪动。谁也不知爬到了哪里、前边还有多远，而我清清楚楚知道的，就是身上有一座煤山或矸石山。大山的重量压在我们之上。头顶只有一片薄薄的屏障，我们随时都可能被压得粉碎。

就在我紧紧咬着牙关的时候，身后的一个同学突然"哇"的一声大哭起来。他的声音好像某种信号，让我不再移动。前边的同学也停住了。

"哇哇"的哭声令人揪心。在这令人绝望的地下，他哭着。没有人阻止他，因为谁都想这样哭。我把牙齿咬出了声音，流出了泪水——好在黑暗里只听见声音，看不见泪水。

哭声停止了。它的停止就像开始一样突然。一点声音都没有了。

大家又开始爬行。可是并没有移动多远，前面的同学竟然不动了。我推他，没有反应。我的脑袋嗡嗡响。如果前边的同学昏过去，那就糟透了。我一遍遍推、喊，他总算动了一下。

没有办法，等待吧。不知停了多长时间，前边的人才往前挪动了几寸。接下来，他的动作慢极了，简直是一寸寸地往前移。当他终于挪开了一段，我才明白，原来那里有一个半塌的关卡，上面巨大的煤矸石压下来，水道只剩下很小的一点空隙。他刚才正在用尽一切办法通过，把淤积的泥沙和瓷片一点一点扒开，扑下身子往前挪动、挣扎，这才挣出了这个半死的狭口。轮到我了，又是一场拼挣，手、膝盖和脊背都破了。

从那个最狭窄、最艰难的地方钻出后，我加快动作，想追上前面的同学。没有一点声音，听不见声息，他离得远了。这给了我勇气和力量。我用手肘贴住地上尖利的瓷片，不再惧怕。我不担心后面的人，知道他们无论怎样都得对付这个关卡，因为没有退路。果然，后边的几个人也像我一样，都过来了。

终于听到了前边的声音，我追上了他。我们用咳嗽声保持联系，互相鼓励。

又爬了一会儿，我听到了后边传来的吭吭声。呼气、咳嗽、大口喘息，响成一片。没有一个人甘于落后，没有一个人愿意被遗落在黑暗中。

前边的同学最早发现了那个像豆子一样大的光亮。那是我们的出口，我们的希望！尽管我们离那儿还十分遥远，但已经让人激动得哭出来，让人张大嘴巴"啊啊"叫。

大约又用了一个小时,我们一个个钻出了水道。

眼前是平静的小河,它向大海流去。在这条河流面前,我们这一帮满脸污垢、浑身泥臭、身上挂满血口的可怜虫,一声不吭地呆坐了一会儿。

河水平稳地流动,水面上映出了黑色的天空和灿烂的星月。我们几个人一句话也不说,相互都没有看一眼。一会儿响起"扑通"一声,是一条鱼打破了寂静。没有风,河岸边的芦苇一动不动,也没有一只野物出没和鸣叫。我们望望天空,月亮是那么亮,四周的星星像火把一样排成一串,剧烈燃烧。我好像是第一次看到这么明亮的星星和月亮,看到银河里那些剧烈燃烧的火焰。

我们在河岸上站成一溜,默不作声。这样足有十几分钟,才不约而同地沿着河堤向南走去。我们要沿着河堤一直走上很远,踏上归途。

(摘自《读者》2022 年第 20 期)

月下谈秋

张恨水

一雨零秋，炎暑尽却。夜间云开，茅檐下复得月光如铺雪。文人二三，小立廊下，相谈秋来意，亦颇足一快。其言曰：淡月西斜，凉风拂户，抛卷初兴，徘徊未寐，便觉四壁秋虫，别有意味。

一片秋芦，远临水岸。苍凉夕照中，杂疏柳两三株。温李至此，当不复能为艳句。

月华满天，清霜拂地，此时有一阵咿哑雁鸣之声，拂空而去，小阁孤灯，有为荡子妇者，泪下涔涔矣。

荒草连天，秋原马肥，大旗落日，笳鼓争鸣。时有班定远马援其人，登城远眺，有动于中否？

诵铁马西风大散关之句，于河梁酌酒，请健儿鞍上饮之，亦人生一大快意事。

天高气清，平原旷敞，向场圃开窗牖，忽见远山，能不有陶渊明悠然之致耶？

凉秋八月，菱藕都肥，水边人家，每撑小艇，深入湖中采取之。夕阳西下，则鲜物满载，间杂鱼虾，想晚归茅庐，苟有解人，无不煮酒灯前也。

天高日晶，庭阳欲稀。明窗净几之间，时来西风几阵，微杂木樨香。不必再读道书，当呼"吾无隐乎尔"矣。

芦花浅水之滨，天高月小之夜，小舟一叶，轻蓑一袭，虽非天上，究异人间。

乱山秋草，高欲齐人。间辟小径，仿佛通幽，夕阳将下，秋树半红。孤影徘徊，极秋士生涯萧疏之致。

荒园人渺，木叶微脱，日落风来，寒蝉凄切，此处著一客中人不得。

浅水池塘，枯荷半黄。水草丛中，红蓼自开。间有红色蜻蜓一二，翩然来去，较寒塘渡鹤图如何？

残月如钩，银河倒泻，中庭无人，有徘徊凄凉露下者乎？朝曦初上，其色浑黄，树露未干，清芬犹吐，俯首闲步，抵得春来惜花朝起也。

焚一炉香，煮一壶茗，横一张榻，陈一张琴，小院深闭，楼窗尽辟，我招明月，度此中秋。夜半凭栏，歌大苏《水调歌头》一曲，苍茫四顾，谁是解人？

一友忽笑曰："愈言愈无火药味矣，今日宁可作此想？"又一友曰："即作此想，是江南，不是西蜀也，实类于梦呓！"最后一友笑曰："君不忆'举头望明月，低头思故乡'之句乎？日唯贫病是谈，片时做一个清风明月梦也不得，何自苦乃尔？"于是相向大笑。

春天里的诗

李修文

　　大雨过后，春天来了。我先是看见河水变得异常清澈，鱼苗被水草纠缠，只好不停地翻腾辗转，可是，一旦摆脱水草，它们就要长成真正的鱼；一群蜜蜂越过河水，直奔梨花和桃花，我便跟随它们向前奔跑，一直奔到桃树和梨树底下，看着它们从桃花飞到梨花，再从梨花飞到桃花，埋首，匍匐，大快朵颐，间或张望片刻，似乎是怕被别人知晓此处的秘密。而后，群蜂不经意地眺望，但都将被震慑——远处的山峦之下，油菜花的波浪仿佛从天而降，没有边际，没有尽头，不由分说地一意铺展开来。如此一来，蜂群就像醉鬼们远远地看见酒厂，全都如梦初醒，赶紧上路，想让自己早一点彻底醉倒，不如此，岂不是辜负了山河大地的恩宠？

　　我继续跟着蜂群往油菜花地里奔跑，没跑几步，便看见正在争吵的和尚与诗人。和尚是哥哥，已经出家好几年了，可是，一年四季，用他自己的话说，除了念经打坐，他就没有哪几天是可以不用担心那个不成器的弟弟的。所以，只要有点空，他便要往家赶，好知道那不成器的弟弟，到底吃饱饭了没有。那弟弟也是荒唐，高中毕业之后，一心要做个诗人，既不安心种地，又不外出打工，甚至连诗也没有写出来几首，终日里好似游魂一般，绕着河水打转，绕着田埂打转。转着转着，他便忍不住哭了出来。有一回，下雨的时候，他正在哭泣，恰好遇见我。"多美啊！"他哽咽着，让我去看雨幕里的麦田，"你说，要是有人看见它们都不哭，那么，他还是个人吗？"

可是，我只有十岁出头。望着雨水和麦田，我必须承认，眼前所见，的确是美的，但我还不至于为它们落泪，往往是局促一阵子，便羞惭地跑开。但我不会跑得太远，怀揣着巨大的好奇心，我会远远地躲起来，再看着他哭泣、奔跑和仰天长啸。

一如此刻，油菜花地里，蜂群早已经抛下我，消失在我一辈子也数不尽的花朵之中。我便在潮湿的田埂上坐下，去偷听和尚与诗人的争吵。一如既往，和尚先是耐心劝说诗人，莫不如跟自己一起剃度出家，总好过没有饭吃；诗人却说，吃饭只是一件小事，他的大事，是要等着诗从地里、河里、树林里长出来。和尚气不打一处来，愤怒地质问诗人，写诗到底有什么用？诗人动了动嘴角，告诉和尚，万物自有灵，念经打坐也不会帮助一株油菜长得更繁更茂，那么请问，念经打坐有什么用？话已至此，和尚忍不住要打诗人，终于未能伸手，却一眼看见了我。我还未及闪躲，他倒是拖拽着诗人一路小跑着来到我跟前。

当着我的面，那一对兄弟竟然打起了赌，口说无凭，以我为证：哥哥念经，弟弟念诗，如果我觉得哥哥念的经好听，弟弟现在就跟着哥哥去出家；如果我觉得弟弟念的诗好听，哥哥从此不再多说一句，任由弟弟不成器下去。但有一条，弟弟念的诗，得是自己写出来的，而且，是即兴写出来的。或许是好奇心还在继续，也或许是以为见证这一场"赌约"能够加快自己长大成人，仓促之间，我竟懵懂地点头，眼看着和尚在我对面盘腿坐下。

多年以后我才知道，油菜花地里响起的念诵，不是别的，正是《地藏经》——那一段让人失魂落魄的念诵之声啊，一时如雨滴滑过柳条，欲滴未滴，其下流淌的河水也只好驻足不前，等待着它们的加入；一时又如在夜晚成熟的豆荚，欲绽未绽，黑黢黢的身体里正在酝酿小小的雷霆，却又被月光惊吓，一再推迟彻底的暴露；慈悲音和喜舍音，云雷音和狮子吼音，少净天与遍净天，大梵天与无量光天，这些经书里的命名与指认，我至少需要二十年才能些许明白它们究竟为何物，但它们都在念诵里早早示现，化作少年眼前清晰可见的一景一物。它们是报春花和油菜花，石榴树和苹果树；它们是穷人摘下了豌豆角，瞎眼的人望见了火烧云。是的，它们几乎是大地上的一切。而和尚仍然闭目，念诵还未停止，我的狂想便继续奔流向前，那一段让人失魂落魄的念诵之声啊，先是变作半睡半醒的喜鹊，慵懒地鸣叫了一声，一枚果实便应声出现在枝头上；而后，它又变作夏天里的稻浪，风吹过去，稻浪不发一言，沉默地绵延起伏，像是受苦人忍住了悲痛。但是，所有的酸楚与哽咽，都将在稻穗与稻穗的碰撞中得到久违的报偿。

真好听啊。和尚早已结束了念诵，我却仿佛陷落在一个被光明环绕的山洞里无法脱身，张了张嘴巴，好半天也说不出话。对于我的迷醉，和尚显然心知肚明，甚至不等我评点，便赶紧吩咐诗人念一首他自己写的诗，这首诗，必须是他自己即兴写出来的。诗人愣怔了一会儿，终是不服气，下定了决心，跳下田埂，拨开一株半人高的油菜，再拨开另一株比他还高的油菜，踩踏着脚底下湿漉漉的泥巴，反倒像一个去意已决的求法僧，倏忽之间便消失不见。

作为一桩"赌约"的见证人，哪怕诗人不见了，我也不能随意离开。我便老老实实地继续在田埂上坐着，偷偷打量着近处的和尚：弟弟毕竟是他的心头肉，哪怕只离开了一小会儿，他也忍耐不住。他跟了上去，没跟几步，叹息一声，掉转了身子，和我一样，在田埂上坐下，闭目，但没有念经。这时候，黄昏正在加深，满天的火烧云像是在突然间窥见了自己的命运，说话间便要从天空中倾倒下来，再和大地上金黄色的波浪绞缠奔涌，一路向前。最终，它们将在夜色来临之前奔入山丘与山丘搭成的巨大熔炉。我正恍惚着，和尚却已不耐烦，站起身，在田埂上来回走动，踮起脚尖往前眺望。可是，弟弟的身影一直没有出现，他也只好强忍怒意重新坐下，再次闭上眼睛。

直到天黑，由远及近，油菜花地里终于响起窸窸窣窣的声响，差不多同时，我跟和尚一跃而起，等着诗人现出身形。然而，他却久久未能推开密不透风的油菜跨上田埂。这时候，和尚再也忍耐不住，拨开油菜，一把拽出诗人，劈头就问："你的诗在哪呢？还有，写不出就写不出，你哭什么哭？"听见和尚这么说，我便往前凑近了一步。借着一点微光，我终于看清楚，真真切切地，诗人的脸上淌了一脸的泪。沉默了一会儿，诗人还是承认了，他确实写不出一首诗。然而，只要不让他出家，让他一直待在这里，或早或晚，他一定会写出诗来。因为，地里、河里、树林里迟早会长出诗来，到了那时，诗就自然会从他的身体里跳出来。就像刚才，油菜地西北方向的深处，他刚刚在一条小河边站定，立刻就忘记了这世上的一切，甚至忘了写诗。美，他只看到了美，他唯一能够想起的，也只有美。一看见美就在眼前，一想到美就在眼前，他的眼泪，便再也止不住地涌了出来。

（摘自《读者》2020 年第 7 期）

老屋窗口

余秋雨

前年冬天，母亲告诉我，家乡的老屋无论如何必须卖掉了。全家兄弟姐妹中，我是最反对卖屋的一个，为着一种说不清的理由。

而母亲的理由说得令人无可辩驳："几十年没人住，再不卖就要坍了。你对老屋有情分，索性这次就去住几天吧，跟它告个别。"

我家老屋是一栋两层的楼房，在贫瘠的山村中，它像一座城堡般矗立着，十分显眼。全村人几乎都姓余，既有余氏祖堂也有余氏祠堂，但是最能代表余氏家族荣耀的，是这座楼。这次我家这么多兄弟姐妹一起回去，每人都可以宽宽敞敞地住一间。我住的是我出生和长大的那一间，在楼上，母亲前一天就雇人打扫得一尘不染。

人的记忆真是奇特。好几十年过去了，这间屋子的一切细枝末节竟然都还贮积在我脑海的最深处，再见到它，连每一缕木纹、每一块污斑都能严丝合缝地对上。我痴痴地环视一周，又伸出双手沿墙壁抚摩过去，就像抚摩着自己的灵魂。

终于，我摸到了窗台。这是我的眼睛，我最初就是从这儿开始打量世界。母亲怜惜地看着成日趴在窗边的儿子，下决心卸去沉重的窗板，换上两页推拉玻璃。玻璃是托人从县城买来的，路上碎了两次，装的时候又碎了一次，到第四次才装上。从此，这间屋子和我的眼睛一起明亮。窗外是茅舍、田野，不远处便是连绵的群山。

于是，童年的岁月便是无穷无尽的对山的遐想。跨山有一条隐隐约约的路，常见农夫挑着柴担在那里走动。山那边是什么呢？是集市？是大海？是庙台？是戏台？是神仙和鬼怪的所在？直到今天我也没有到山那边去过，我不会去，去了就会破碎整整一个童年。

我只是记住了山脊的每一个起伏，如果让我闭上眼睛随意画一条曲线，画出的很可能是这条山脊起伏线。对我而言，这是生命的第一曲线。

这天晚上我睡得很早。天很冷，乡间没有电灯，四周安静得怪异，只能睡。一床刚刚缝好的新棉被是从同村族亲那里借来的，已经晒了一天太阳，我一头钻进新棉花和阳光的香气里，几乎要融化了。或许会做一个关于童年的梦吧？可是什么梦也没有，一觉睡去，直到明亮的光逼得我把眼睛睁开。

怎么会这么明亮呢？我眯着眼睛向窗外看去，入眼竟是一排银亮的雪岭，昨天晚上下了一夜大雪，下在我无梦的沉睡中，下在岁月的沟壑间，下得如此充分，如此透彻。

一个陡起的记忆猛地闯入脑海。也是躺在被窝里，正两眼直勾勾地看着银亮的雪岭。母亲催我起床上学，我推说冷，多赖了一会儿。母亲无奈，陪着我看窗外。"喏，你看！"她突然用手指了一下。

顺着母亲的手看去，雪岭顶上，晃动着一个红点。一天一地都是一片洁白，这个红点便显得分外耀眼。这是河英，我的同班同学，她住在山那头，翻山上学来了。那年我才6岁，她比我大10岁，同上着小学二年级。她头上扎着一方长长的红头巾，那是学校的老师给她的。

这么一个女孩子一大清早就要翻过雪山来上学，家长和老师都不放心，后来有一位女教师出了主意，叫她扎上这方红头巾。女教师说："只要你翻过山顶，我就可以凭着红头巾看到你。"河英的母亲说："这主意好，上山时归我看。"

于是，这个河英上一趟学好气派，刚刚在那头山坡摆脱妈妈的目光，便投入这头山坡老师的注视。每个冬天的清早，她就化作雪岭上的一个红点，在两位女性的呵护下，像朝圣一样走向学校。

这件事，远近几个山村的人都知道。我母亲就每天期待着这个红点，作为催我起床的理由。这红点成了我们学校上课的预备铃声。只要河英一爬上山顶，山这边有孩子的家庭就忙碌开了。

十五六岁在当时的山乡，已是女孩应该结婚的年龄。早在一年前，家里已为河英安排了婚事。举行婚礼的前一天，新娘子找不到了，两天后，在我们教室的窗口，躲躲闪闪地伸出了一个漂亮姑娘蓬头散发的脸。她怎么也不肯离开，要女教师收下她干杂活。女教师走过来，一手抚着她的肩头，一手轻轻地捋起她的头发……霎时，两双同样明净的眼睛静静相对。女教师眼波一闪，说了声"跟我走"，便拉起她的手走向办公室。

我们的小学设在一座废弃的尼姑庵里。几个不知从哪里来的美貌女教师，看着都像大户人家的小姐，都有逃婚的嫌疑。点名的时候，她们一般都只叫我们的名字，把姓省略掉，因为全班学生绝大多数都是一个姓。只有坐在我旁边的米根是个例外，姓陈，他家是从外地迁来的。

那天河英从办公室出来时，她和几个女教师的眼圈都是红红的。当天傍晚放学后，女教师们锁了校门，一个不剩地领着河英翻过山去，去与她的父母亲商量。第二天，河英就坐进了我们教室，成了班级里第二个不姓余的学生。

这件事何以办得这样爽利，直到我长大后还经常感到疑惑。新娘子逃婚在山村可是一件大事，如果已成事实，家长势必还要承担"赖婚"的责任。河英的父母怎么会让自己的女儿如此干脆地斩断前姻来上学呢？我想，根本原因在于几位女教师的奇异出现。

山村的农民一辈子也难得见到一个读书人，更无法想象一个女人能识文断字。我母亲因抗日战争从上海逃难到乡下，乡人发现她竟能坐在家里看一本本线装书和洋装书，还能帮他们写书信、查契约时，都将这些视为奇事。好多年后，母亲出门时还会有很多人指指点点、交头接耳，吓得她只好成天躲在"城堡"里。

那天晚上，这么多女教师一起来到山那边的河英家，一定把她父母震慑住了。这些完全来自另一世界的雅洁女子，柔声细气地说着他们根本反驳不了的陌生言辞。她们居然说，把河英交给她们，过不了几年也能变得像她们这样！河英的父母亲只知抹凳煮茶，频频点头，完全乱了方寸，最后，燃起火把，将女教师们送过了山岭。

据说，那天夜里，与河英父母一起送女教师过山的乡亲很多，连原本该是河英"婆家"的也在，长长的火把阵接成了一条火龙。

（摘自《读者》2021 年第 20 期）

遍地应答

韩少功

打开院子的后门，从一棵挂满红叶的老树下穿过，就可以下水游泳了。

风平浪静之时，湖面不再是水波的拼凑，而是一块巨大的整体镜面，让人不知如何是好。你在水这边敲一敲，水那边似乎也会震动；你在水这边挠一挠，水那边似乎也会发痒。若是有一条小船压过来，压得水平线撑不住，镜面就可能倾斜甚至翘起——这种担心一度让我紧张。

在这个时候下水难免有些踌躇，有些心怯。扑通一声，令宝贵的镜面破碎，实为一大暴行。好在碎片经过一阵揉挤，一阵折叠，一阵摇荡，只要泳者不动，待倒影从层层褶皱中逐一释放，渐次舒展和平复，湖面又会成为平滑的极目一镜。

在通向山外的公路修通之前，这里有很多机船，每天接送出行的农民，还有挑担的，骑脚踏车的，以及活猪活牛。眼下客船少了，只有几只小渔船偶尔出现。船家大多是傍晚下网，清晨收网，手摇船桨轻点着水面，静悄悄地来，又静悄悄地去，留下冷清和落寞的湖面，一如思绪突然消失的大脑。

水边常有两样"静物"，是垂钓的老人和少年。据说老人身患绝症，活不了多久了。但他一心把最后的时光留在水边，留给自己的倒影。少年呢，中学生模样，总在黄昏时出现。他也许是特别喜欢吃鱼，也许是惦记着母亲特别喜欢吃鱼，也许不过是要用这种方式来积攒自己的学费。谁知道呢？

阵雨扑来时，雨点敲打着水面，打出满湖的水芽，打出升腾的水雾，模糊了水平线。如果雨点敲醒了水面的花粉，水上就冒出一大片水泡，冷不丁看去，像光溜溜的背脊上突然长满疖子。

几只野鸭惶惶地叫着，大概被这事儿吓着了，很快钻入草丛。

不远处，一条横越水峡的电线上，有个黑物突然直端端砸下，激起水花四溅。我以为有什么东西坠落，过了片刻才发现，那不是坠物，而是一只鸟突然垂直俯冲，捕获了什么以后，带水的翅膀扑棱扑棱，又旋回高高的天空，在阳光中播下一串闪闪的水珠。我不知道这种鸟的名字，只记住了它一身蓝绿相杂的迷彩。

还有一只白鹭在水面上低飞，飞累了，先大翅一扬，再稳稳地落在岸石上，让人想起优雅的贵妇，先把大白裙子一提，再得体地款款入座。它一坐好半天，平视远方，纹丝不动，恍若一尊玉雕。但如果发现什么情况，玉雕眨眼间就成了银箭。一声鹭鸣撒出去，树丛里就有数十只白鹭跃出，扑棱棱组成数十道白光，在青山绿水中绽放和飞掠。

它们有时候绕着我巡飞，肯定把我误认为鱼，一条比较奇怪的大鱼，大得让它们不知如何下口；小鱼也经常围着我巡游，肯定把我当成一只落水的大鸟，同样大得让它们不知如何下口。

　　不知是什么鱼愣头愣脑，胡乱噉咬，在我的腿上和腰上留下痒点，其中一口咬得太狠，咬在一个脚指头上，痛得我从迷糊中惊醒。我这才发现，钓鱼的"静物"已经走了，天地间全无人迹。

　　其实，这里还有很多人，只是我看不见罢了。想想看，这里无处不隐含着一代代逝者的残质，也无处不隐含着一代代来者的原质——物物相生的造化循环从不中断，人不过是这个过程中的短暂一环。对人来说，大自然是人的来处和去处，是万千隐者在眼下这一刻的隐形伪装之所。有人说，接近自然就是接近上帝。那么，上帝是什么？不就是不在场者的在场吗？不就是太多空无的实在吗？不就是一个独行人无端的惦念、向往以及感动吗？

　　就因为这一点，我在无人之地从不孤单。我大叫一声，分明还听到了回声，听到了来自水波、草木、山林、破船以及石堰的遍地应答。

　　寂静中有无边喧哗。

（摘自《读者》2021 年第 3 期）

面 摊

陈映真

1

"忍住些，"妈妈说，一边满面忧愁地拍着孩子的背，"能忍，就忍住吧。"

但他终于没能忍住喉咙里轻轻的痒，而爆发了一串长长的呛咳。等到他将一口温温的血块吐在妈妈托着的手帕中时，妈妈已经把他抱进一条窄窄的巷子里。他虽然觉着疲倦，但胸腔里仿佛舒爽了许多。阵阵晚风拂过，他觉得吸进去的空气凉透心肺，像吃了冰一般。

"妈妈，我要吃冰。"

他的双手环抱着妈妈的肩膀，半边脸偎着妈妈长长的颈项。他的盈着满眶泪水的眼睛，望向妈妈身后远远的巷口处穿梭往来的人群和车辆。除了有些疲倦，他当真觉得很安适。妈妈轻轻地摇着他，间或拍拍他的背。

"等大宝养好了病，妈妈给你买很多冰，很多很多。"

黄昏正在下降。他的目光，吃力而愉快地爬过巷子两边高高的墙。左边的屋顶上，有人养着一大笼鸽子。当妈妈再次把他的嘴揩干净时，他们就要走出巷子了。他只能看见鸽子笼黑色的骨架，后面衬着靛蓝色的天空。虽然今天没有逢着人家放鸽子，他却意外地发现鸽笼后面的天空上，镶着一颗橙红橙红的早星。

"星星。"他说。他那双盯着星星的眼睛，似乎比天上的星星还要晶亮，还要尖锐。

2

妈妈抱着他回来的时候，爸爸正弯着腰，扇着摊子下面的火炉。妈妈一手抱着他，一手拿起一块抹布擦着摊案子——他们还没有足够的钱安上一层铝皮，因此他们特意把木制的摊面擦得格外洁净。大圆锅里堆着牛肉，旁边放着一箩筐圆面饼，大大小小的瓶子里盛着各种作料。

"又吐了吗？"男人直起腰来忧愁地说，一面皱着脸用右袖口揩去一脸的汗水。牛肉温温地冒起热气来。

黄昏变得浓郁起来。不一会儿，沿着通衢要道，亮起了两排长长的、兴奋的街灯。高楼林立的西门町，换上了另一种装束，在神秘的夜空下，逐渐沸腾起来。

妈妈没有说什么，顺手舀了一碗肉汤给她的孩子。他很开心地喝着浓浓的肉汤。爸爸用一种安于定命的冷漠看着他，随后又若有所思地切了一块肉放到孩子的碗里，仿佛这样便能补养孩子被病菌消耗的身体。

肉汤沸滚起来的时候，摊旁已经有两三个人坐着。他们从人潮中退出，歇了下来，舒舒服服地享受了一番，又匆匆投入那不知从哪里来，也不知往哪里去的人潮里。

"加个面饼吗？"

"您吃香菜吧？"

"辣椒？有的。"

男人独自说着，女人和孩子闲坐在摊子后面。虽然他们来到这个都会已有半个多月，但是繁华的夜市对孩子来说，每天都有新的亢奋点。他默默地倾听着各种喇叭声，三轮车的铜铃声和杂乱的脚步声。他也透过热汤的白气看着台子上不同的脸，看到他们都用心地吃着他们的点心。孩子凝神望着，大约已然遗忘了他说不上离此有多远的故乡，以及故乡的棕榈树、故乡的田陌、故乡的流水和用棺板搭成的小桥了。

唉！如果不是孩子太小了，他应该记得故乡初夏的傍晚，也有一颗橙红的早星。

3

大约是在最后一抹余晖消逝，以及天上开始亮起更多的星星之后，忽然从对街传来匆促的辘辘声。妈妈抱着孩子朝爸爸注视的方向看去，两三个摊主正推着摊车朝这边跑来。这个骚动立刻传染了远近的食摊，于是乎，辘辘声越聚越大。爸爸也推着他的安着没有削圆的木轮的摊车，咯噔咯噔地走了。这些摊车冲散人潮，辘辘地拥到街那边去了。而人潮也就真像切不断的流水一般，瞬即恢复了潺潺的规律。

女人和孩子依旧坐在原来的地方，不一会儿果然看见一个戴白盔的警官。他从对街踱了过来，正好停在这母子俩的对面。他把纸夹挟在左臂下，用右手脱下白盔，交给左手抱着，然后用右手用力地搓着脸，仿佛他脸上沾着什么可厌的东西。店面的灯光照在他舒展后的脸上——他是个瘦削的年轻人，有一头乌黑的头发，修剪得整整齐齐。他有一双大大的眼睛，困倦而充满热情，甚至连他那铜色的嘴唇都含着说不出的温柔。当他要重新戴上钢盔的时候，他看见了这对正凝视着他的母子。慢慢地，他的嘴唇弯出一个倦怠的微笑。他的眼睛闪烁着温蔼的光。这个微笑尚未平复的时候，他已经走开了。孩子和妈妈注视着他踱进人的流水里。

至少女人是认识这个面孔的。

那是他们开市的第一天，毫无经验的他们便被一个肥胖而凶悍的警官带进派出所。他们把摊车排在门口的两个面摊和一个冰水摊中间。

"我是初犯，我们五天前才来到台北……"爸爸边走边说着，赔着皱皱的笑脸，然而那个胖警官似乎没有听见，径自走进内室，猛力地摇起扇子。

对面的高柜台边，围着三个人，两个年轻的都穿着高高的木屐，留着很长的头发。另一个较老的穿着没有带子的黑胶鞋，光光的头配着一张比孩子的爸爸更皱的脸。孩子的爸妈便不安地站在另一端。爸爸时而望一眼停放在门口的摊车，时而看看壁上的大圆钟，时而看看门外的夜色。

"到这里来！"

爸爸于是触电一般地向高高的柜台走去。这时候，那三个人陆陆续续地走出去了。柜台后坐着两个人，一个低着头不住地写，一个抽着烟望着他们。

"我是初犯，我们——"爸爸说。

"什么地方来的？"抽香烟的说。

"我是初犯，我们——"爸爸说。

"什么地方来的？"他用鼻子喷出长长的烟。

"啊！啊！我是——"爸爸说。

"苗栗来的。"妈妈说。

柜台后的两个人不约而同地看向妈妈。正是那个写字的警官，有着一对大大的眼睛，困倦而深情。妈妈低下头，一边扣上胸口的纽扣，一边把孩子抱得更紧了。

由于附带地被发现没有申报流动户口，他们不得不留下六十元的罚款，这才带走了他们的摊车。当妈妈从肚兜里掏钱的时候，那个大眼睛的警官忽然又埋头去写什么了。

4

"这个警察，不抓人呢。"孩子说，那个年轻的警官已经消失在街角。

"大宝长大了，要当个好警官。那时候，你们就不用怕了。"他说。妈妈一直没有说话，只是把孩子抱得更紧，一面扣上胸口的扣子。街灯照在她的脸上，也照着她优美的长长的颈项。这年轻的妇人无言地凝视着喧闹的人潮，大抵她的心也漂得很远了。

到了行人开始渐渐稀少的时候，他们已经换过许多地方，最后他们停在一个街口。孩子看见对面的大楼上，挂满了画像，有拿刀的，有流血的，有男的，也有女的。他也看见长长的一排脚踏车，似乎都在昏黄的路灯下打瞌睡。因为满街的灯光，从远远的夜空看来，这座城市罩着一层朦胧的光晕。人潮渐退的时候，汽车的喇叭声和三轮车的铜铃声就显得刺耳起来。

"加个面饼吗？"

"……"

"您吃香菜吧？"

"……"

"辣椒？啊，您！"

孩子和女人都抬起头来望向摊子。爸爸正皱着脸笑着，客人——那个年轻的警官——也新奇地望着爸爸，他抿一抿温情的嘴，微笑起来。

女人和孩子都兴奋地望着那个疲惫的警官开始热情地吃他的点心。爸爸带着皱皱的笑脸，替他添了两次肉汤。汽车的灯光偶尔扫过坐在暗处的母子，女人下意识地拉好裙子，摸了摸胸口的纽扣。

年轻的警官满意地直起身来，开始拿他的皮夹。

"不要，不要啦！"爸爸说，皱着一脸的笑。

年轻人注视着爸爸的脸，不久那温情的微笑又爬上他困倦的脸，还是放下十块钱，起身走了。

"啊，啊！不要——啊！"爸爸说，"那也得找钱呀，啊，啊，不要——"

爸爸着急地拿着十块钱追了几步，又跑了回来，慌忙拿了一张五元正要再追上去。这时候孩子看见对面的房子里拥出来大批的人，胸前挂着箱子的小贩们、三轮车夫们也拉起客来。有几个人已经坐在他们的摊子边了。

"啊，啊！"爸爸说，"唉，金莲！你快追呀！"于是爸爸又忙着招呼客人，"金莲，快追！"爸爸喊着说。

妈妈默默地接过那五元，不一会儿便消失在黑暗里。孩子独自坐在角落里，看着川流不息的人潮，看着台子边不同顾客的脸。一辆辆三轮车载着它们的顾客，拖着不同音色的长长的铃声，奔着不同的方向去了。街口的红绿灯机械地变着脸，但不论红绿，在它似乎都显得十分困顿而无聊。夜市的最末的人潮，也终于渐渐地消退下去，甚至连车声都变得稀落了。

这时候妈妈悄悄地走了回来。她低着头只顾走向孩子，甚至没有抬头看看爸爸。她走近孩子，一把将他抱在怀里。他感到妈妈的心异乎寻常地跳动着。他又用双手围住妈妈的肩，半边脸偎着妈妈长长的颈项，细腻而冰凉，他感到舒适。妈妈把他抱得更紧了。

爸爸送走了最后一个顾客，开始收拾。妈妈帮着把洗碗的水倒进水沟，孩子发现妈妈变得出奇的沉默。

"他不要钱吗？"孩子说。

"追上了吗？"爸爸说着，点起一根皱皱的香烟，"啊——他是个好心人。"

他们推着那安着没有削圆的木轮、咯噔作响的车子离开街口时，西门町似乎已经沉睡下去。街灯上罩了一层烟霭，它们排着长长的行列，各自拉着寂寞的影子。许多店门都关了起来，有的还在门外拉上铁栅栏。几家尚未关门的，也已经开始收拾。街上只剩下稀落的木屐声。街道显得十分寂寥。一只狗嗅着地面跑进一条幽暗的巷子。

他们逐渐走出这个已变得空旷的都市，从睡满巨厦的大路走向瑟缩着矮房的陋巷。

"他是个好心人，"爸爸说，半截香烟在他的嘴角一明一熄，"好心人。"

走在摊车左侧的妈妈，只是默默地走着，紧紧地抱住孩子，陷入沉思的她在昏黄的街灯下显得甚是优美。孩子舒适地偎着妈妈软软的胸怀和冰凉的肩颈。

"他，不要钱的吗？"孩子说，"不要，不要——"

而不幸的，孩子又爆发了一串长长的呛咳。爸妈和咯噔作响的摊车都停了下来。痛苦的咳声停止后，只留下妈妈轻轻拍着孩子背的声音。这声音在沉静如许的夜里，听起来会教人觉得孩子的体腔竟是这样的空洞。

"吐到地上去吧。"妈妈说。也不知为什么，女人突然觉得心头一酸，簌簌地淌下泪来。她甚至不确定，这眼泪是否是由于怜悯自己的病儿而流。她只是想哭罢了。她觉得纳罕，她说不清。男人和孩子都没有察觉女人的眼泪。夜确乎很深了。

孩子的眼眶又盈满了泪水——但是除了有些疲倦，他倒当真很安适。睡意蒙眬间，他仿佛又从天边寻到几颗橙红的星，在夜空中闪烁着。

"星星。"他虚弱地说。他看见爸爸抛出去的烟蒂在暗夜里画着血红的弧线，撒了一地的火花之后，便熄灭了。

夜雾更加浓厚。孩子吸着凉凉的风，这使他记起吃冰的感觉。他又想吃冰了，然而他只是动了动嘴唇，没有说出什么来。

孩子偎着妈妈软软的胸怀和冰凉的肌肤睡着了，至于他是否梦见那颗橙红的早星，是无从探知了。但你可以听出，那摊车似乎又拐了一个弯，而且渐去渐远了。

咯噔，咯噔……

（摘自《读者》2021 年第 24 期）

女 友

金克木

　　我这一生中男友不少而女友不多。有一位女友是从未见过面的，我却至今不忘，甚至她信里的有些话也还记得。

　　20世纪40年代初期，我正在印度乡间"修道"。可惜凡心未断，忽然给别人介绍的国内一位女子去信，却得到了冷漠的回答。我又写一封信寄到昆明，请她的一位教中学的朋友转去。这位转信人显然看了我的信，给我来信说一定照转，还加了几句随便写上的话。不知怎么，原定的对象没有消息，转信人却成了我的通信朋友。一来一去，愈谈愈热闹。她告诉我，她已经成为所谓的"问题女郎"，能跳舞跳一个通宵，开始喝酒，还想学抽烟。她对于所学的自然科学不抱希望了。大学念到毕业，在研究所工作，都已成为过去。她不知道活下去干什么。她越这样说，我的兴趣越大，越觉得她够朋友，于是彼此的信越写越多，也越写越长，各讲各的。

后来我寄了一张自己的一寸小照，是照相馆照的那种护照上用的呆板头像。她回信来了，一字不提照片，却在信中夹了一张男子的照片，和我的照片规格一样，只是多了背面的题字。赠者的名字只一个字，不知是谁。受赠者的名字不是她。这使我大惑不解，最终决定还是问一句。这引来她的一大篇牢骚，说是气糊涂寄错了。说照片是送她的，名字是她的别名。那个男人欺骗了她，现在去美国了。这次她给了我一张她的小照片，也是同样规格的。信中还说，照片是旧的，现在她胖了，体重增加了，不要凭照片想她是什么样。她也不去想我像不像照片上那样，说"神交"的朋友更好。说她是学理科的，不懂文学，脑筋呆板，不会胡思乱想。

那位介绍国内女子和我通信的夫人有一次问我还通不通信。我说，信是通的，但人换了。她大吃一惊。这二人都是她的同学，她都清楚。她问，这是怎么回事？这个人是有男朋友的呀。我说不错，已经去美国了，并告诉她寄错照片的事。她说，不对，不是这个，她现在的男朋友是和她一同到昆明的，还来过印度，现在回去了，说不定要结婚了。我说，我只做朋友，她结婚也好，看她的信，够苦闷了，该结婚了。她说，不对，要写信去问。过些天，她拿回信给我看，说："事情很清楚。她对你不错。可是你到底是怎么想的？她说你虽则知心，但未见面。快想办法让她出国来吧。"于是征得她的同意，给她找担保。可是英国驻昆明领事馆认为担保不合格，拒绝发签证。她写来一封带点儿感伤的信，那以后我们照旧通信。她还托美国的同事给我带来云南大头菜。不久，抗战胜利，她就没了消息。想来是和那一位朋友结婚，到什么地方去了。

我庆幸有过这样一位女友，她使我在长期乡居中得到安慰，遣除枯寂。我们在信中没有谈情说爱。我当时想要的只是她这样能爽快谈心的女友。我以为友谊需要谈心，心不通怎么能成朋友？爱情是又聋又哑又盲目的。婚姻不但要求有友谊和爱情，还要能在生活上谐调一致，所以最难圆满。天天在一起，哪有那么多的心可谈？也不能长久地装聋作哑，睁一只眼闭一只眼。生活上更难处处时时一致。女友可以兼有友谊、爱情二者之长而无结婚所需三者之短，因此，我最珍惜所结交的几位女友的情谊。尤其是这一位，比另一位和我友好时间最久的还要好些，因为那一位只是长期不相见，而这一位却是从来没见过。

（摘自《读者》2020 年第 9 期）

上校讲的故事

麦 家

我最喜欢听上校讲故事，他闯过世界、跑过码头，谈起天来天很大，讲起地来地很广。他的故事，有时间、有地点，有人物、有事情，情节起伏，一波三折，让人听起来津津有味。

上校是个老兵，原名蒋正南，1935年入伍。"上校"其实是他退伍后村民给他起的绰号。

当军医前，上校都在前线打仗。民国三十二年（1943年），他在上海的一个手下，被汪精卫的特务重金收买，把他那一组人都出卖了。特务全城捕杀他们，死两个，逃两个，抓一个，抓的就是上校。后来他被关押在湖州长兴山的一个战俘营里接受劳改，那里有四五百人，天天挖煤。

一次山体塌方，把一百多人堵在坑道里，大家拼命救援，几百人昼夜不停地挖。但塌方面积太大，十多天都挖不通，人们就泄了气，放弃营救。

上校讲:"只有一个人不放弃。他是一个江苏常熟人,四十多岁,入狱前在上海十六铺码头当搬运工,壮实得像一头牛。他有两个儿子,老大二十一岁,跟他在码头上做工;小儿子十七岁,给母亲帮工,在乡镇上盘了一爿杂货店,卖油盐酱醋。常熟就是沙家浜的地方,是新四军经常出没的地盘。新四军也要吃饭,所以常来店里买东西,一来二去,把小儿子发展成交通员。小儿子经常往上海跑,传情报,采购药品、枪械、弹药。后来,他把哥哥也发展了,兄弟俩你来我往,成了新四军一条活络的交通线。"

父子三人落难,最后被关进战俘营挖煤。塌方时,那个父亲和上校是一个班的,躲过一劫,但他两个儿子都在里面。"这简直要了当爹的命。"上校讲,"发生塌方后,那个父亲十来天就没出过坑道,人家换班他不换,累了就睡在坑道里,饿了就啃个馒头,谁歇个手他就给人下跪,求人别歇。他总是一边挖一边讲着同一句话——把我儿子救出来后,我就做你们的孙子,你们要我做什么都是我的命。"

可塌方是个无底洞,几百人轮流挖了十多天,都卖了命的,就是买不来里面人的命。眼看过了救命时间,狱头放弃营救,要大家去上班,只有他不放弃,白天被押去上班,夜里一个人去挖土。

一天夜里,有人打架受伤,上校去给人包扎,老远看见一个人在腊月的寒冷里跟跄着往坑道晃去。天已经黑透,只能看清一团黑影,看不清模样,但上校知道他是谁——那位可怜的父亲。

那些天,这样的情景上校见过多次,那位父亲在黑夜的寒风里孤独一人往黑洞里奔走,但现在不是走,而是跌跌撞撞,一步三晃,几步一跤,像吃醉酒一样,糊涂得手脚不分,连走带爬的。

夜里睡觉时,上校眼前老是浮现这身影,心里很难过,于是带上药水和几个冷馒头去看他，想劝他回来歇一夜。去了才发现，他已死在坑道里。

上校讲："我猜他一定想离两个儿子近一些，就想把他抱到塌方段去葬。他本是那么壮实，我以为要花好大力气才抱得起他，可一抱才发现他竟轻得像个孩子。我知道他已经很瘦了，可想不到会瘦成这样子，轻飘飘的。我本来是鼓足力气抱他的，反而被这个轻压垮了，哭了。我前半辈子都在跟死人打交道，战场上、手术台上见得多了，可从没哪个人的死让我这么伤心。现在想起来都难过。"

在将近三年的时间里，我听他讲过很多故事，有的吓人，有的稀奇，有的古怪，这个是让人难过的，讲得他眼泪汪汪的。

（摘自《读者》2020 年第 17 期）

月到天心

林清玄

二十多年前，乡下没有路灯，夜里穿过田野回家，差不多是摸黑的。

平常时日，人们都是借着微明的天光，摸索着回家。偶尔有星星，就亮了许多，感觉心里也有了光。有月亮的时候，心就沉静下来，丝毫没有了对黑夜的恐惧。

乡下的月光是很难形容的，犹如从草树、从街路、从花叶，乃至从屋檐下、墙垣内部微微地渗出，有时会让人误以为万事万物本身有着自在的光明。假如夜深有雾，到处都弥漫着清气，萤火虫成群飞过，仿佛是月光中掉落的精灵。

月光下的每一种事物都有了光明，真好！更好的是，月光下，我们也觉得自己心里有月亮、有光明。那光不如阳光温暖，是清凉的，好像从头顶的发丝到脚尖的趾甲都能感受到月的清凉。

走一段路，抬起头来，月亮总是跟着我们，照着我们。在童年的岁月里，我们心目中月亮是亲切的，就如同为我们提灯引路一样：我们在路上，月在路上；我们在山顶，月在山顶；我们在江边，月在江中；我们回到家里，月正好在家门前。

对于月之随人，我却带着一丝迷思——月亮永远跟随我们，到底是错觉还是真实的呢？可以说这既是错觉，也是真实的。我们知道月亮只有一个，而人人都认为月亮跟随自己，这是错觉；但当月亮伴随我们时，我们感觉月亮是唯一的，只为自己照耀，这是真实的。

长大以后才知道，真正的事实是，每个人心中都有一轮月，它是独一无二、光明湛然的。当月亮照耀我们时，感觉天上的月也是心中的月。每个人心里都有月亮埋藏，只是自己不知罢了。

这就是为什么禅宗把直指人心称为"指月"，指着天上的月教人看，见了月就应忘指；教化人心里都有月的光明，光明显现时就应舍弃教化。无非是表明人心之月与天边之月是相应的、包容的，所以才说"千江有水千江月，万里无云万里天"。即使江水千条，条条里都有一轮明月。从前读过许多诵月的诗，有一些颇能说出"心中之月"的境界，例如王阳明的《蔽月山房》：

山近月远觉月小，便道此山大于月。

若人有眼大如天，当见山高月更阔。

确实，如果我们能把心眼放开到天一样大，月不就在其中吗？只是一般人心眼小，看起来山就大于月了。还有一首是宋代理学家邵雍所写的《清夜吟》：

月到天心处，风来水面时。

一般清意味，料得少人知。

　　月到天心，风来水面，都有着清凉明净的意味，但只有微细的心才能体会，一般人是无法感知的。

　　我们看月，如果只看到天上之月，见不到心灵之月，那么月亮对于我们只是极短暂的偶遇，哪里谈得上永恒之美呢？

　　所以回到自己，让自己光明吧！

（摘自《读者》2020 年第 8 期）

家风家教是我一生的功课

南一鹏

父亲南怀瑾的离世，对所有人来说都超乎想象地早。不论是子女还是学生，每个人都怀着尊崇，期盼这盏灯能长明，让自己在为人处世上不致迷茫。

父亲常教导我们，人贵自立。以他老人家为例，他从不愿意接受子女的回报，也从不要求子女参与他对国家和社会的工作。父亲对一生取得的成就，都秉持"为而不有"的原则，父亲的出生地地团村故居的捐赠如是，金温铁路的建设亦如是。父亲为了保护子女免受争名夺利的无妄之灾，从来没有要求我们参与任何他做的事。我们似乎也天生与他有着观念上的契合，从未因任何自身的利益向父亲开过口。我们从小就学习着"放下"，对名利权情，对世俗世事，对物质欲望，大多沾而不黏。

父亲的朋友圈亦对我们影响很大，我们从小接触的都是才华横溢的长者，像王凤峤先生、刘大镛先生。每次这些朋友来的时候，我们小孩子也很高兴地跟着大人"吃喝玩乐"，搬藤椅、凳子到住宅外，到房子前，把门口当院子，坐在外面喝茶、吃柚子、聊天、笑闹。父亲跟朋友聊天时，我们小孩也会旁听，那些不经意流露出来的诗词典故，在我耳中如雅乐般动听。现在回想起来，那些时刻是多么幸福。

虽然排行老三，但因我是在台湾出生的长子，所以父亲对我还是怀有期望的。很小的时候，他就让我背诵《三字经》《千字文》《古文观止》《千家诗》《唐诗三百首》，每天早上出门的时候指定一段文辞让我背，傍晚回来的时候考我。现在回想，当年父亲每天要求我背诵的内容不过一百来字，没有太多任务，也没有逼迫太紧。当时背得深恶痛绝，如今却深入骨髓，虽不能说这样就把我的国学基础打好了，但至少奠定了我对中国文学文化的兴趣。

从我会看书起，父亲就让我随意进出他的书房。我喜欢不时地看看父亲在读什么书。他读完的书，如果不是太过艰涩难读，就会成为我读的下一本书。父亲读书，时常会做点评，有时就在书页空白处写下些心得或是评语；对他喜欢的字句，也会在旁边加以圈点，有如古人读书的习惯。后来我也形成了这样的习惯，喜欢的书总有些地方让我画花了。

长大的孩子，会怀念小时候父母的督导，我就是这样。书到用时方恨少，事非经过不知难。遗憾父亲在我小时候没有再督导我多一点。好在我喜欢读书，已经养成和父亲一样广博的阅读兴趣。父亲对子女的教育往往是开放式、启发性的。除了最初对我读的书有所要求外，之后给我的只是一个环境，一个靠自己去学习的环境。

赴美前，虽然能带的行李有限，我还是从父亲的书架上拿了许多书。一套小字的《二十四史演义》，从小读到大，看了几遍，实在舍不得离身，也被我带来了。每次看到书架上的书，都会感念父亲和我分享他的藏书。这些书，还有父亲的教诲，会随着我的足迹而延续、存在，这是我对父亲永远的怀念。

（摘自《读者》2014 年第 13 期）

隐藏什么

刘　墉

　　我的一个朋友说："我小时候远远看到爸爸回家了，就好像老鼠见到猫，迅速躲起来，一点都不觉得爸爸疼我。"他一脸不平，"他疼我的时候也要骂，先骂一句，再拉过来狠狠拍一拍，然后抓抓头，就表示他疼爱我了。"

　　父母不是不爱子女，只是不愿意表现得太明显，这是许多中国父母的特性。可能他们小时候，你的祖父母就是用这种含蓄的方式对待他们的，所以他们学到的是隐藏，而不是表现。

　　或许因为父母太含蓄，孩子们也变得会隐藏了。我的一个老同学说得很传神："我和我老婆一天到晚全国各地跑来跑去，只好把孩子放到寄宿学校，隔好几个月才能去看他一次。每次去，他都没什么话说，只笑笑、点头，说一切都好。"老同学苦笑了一下，接着说，"可是每次我公司的职员去看他，一见到那些叔叔阿姨，孩子就抱着他们痛哭。"

更可悲的是，这种隐藏的情感也被带入夫妻之间，尤其是那些中年夫妻。少年的激情冷却，孩子们一个个地飞远了，两口子大眼瞪小眼，居然拾不回往日的情怀。一个五十岁的男性朋友说："夏日的一天，我看我老婆在炒菜，厨房小，油烟大，火还烤着。我心疼地走过去站在门边看她，她却叫我别捣乱。我偷偷走过去从后面亲了她一下，她又骂：'一脸油，一脸汗，亲什么亲'？"

不知为什么，最近我常想起一个女学生说过的事。

那是一个很优秀的女学生，已经年过四十，身体一直不太好。她曾经幽幽地对我说："那时我住医院，爸爸也生病住进医院，但在不同的楼层。有一天，爸爸下楼来看我，他没说什么，只是牵着我的手带我出去吃冰。过了不久，爸爸就去世了。"她说的时候好像一个孩子，我仿佛看到一个风烛残年的老人牵着中年女儿的手去吃冰的场景。

多么可爱的父亲，多么温馨的画面。中国人的爱是多么的含蓄，都藏在这小小的动作之间。

（摘自《读者》2019 年第 12 期）

草帽歌

肖复兴

那年夏天，我在五号地割麦子。北大荒的麦田一望无际，金黄色的麦浪一直翻涌到天边。一个人负责一片地，那一片地大得足够割一个星期，抬起头是麦子，低下头还是麦子，四周老远见不着一个人，真是磨人的性子。

那天中午，烈日挂在头顶，附近连一片树荫都没有。我吃了带来的一点儿干粮，喝了一口水，接着干了没一袋烟的工夫，就听见麦田那边的地头传来叫我名字的声音。麦穗齐腰，地头的地势又低，我看不清来的人是谁，只听见清亮的声音在麦田里回荡，仿佛也染上了麦子一样的金色。

我顺着声音回了一声："我在这儿哪！"径直望去，只见麦穗摇曳着一片金黄，过了好大一会儿，才看见麦穗上"漂浮"着一顶草帽——由于草帽也是黄色的，和麦穗像是长在了一起，风吹着它像船一样一路漂来，在烈日的照射下，如同一个金色的童话。

走近一看，原来是我的一个女同学。她长得娇小玲珑，非常可爱。我们是从北京一起来到北大荒的，她被分在另一个生产队，离我这里有三十六里地。她刚刚从北京探亲回来，我家人托她给我捎了点儿吃的东西，她怕有辱使命，赶紧给我送来。当然，我心里清楚，那时，她对我颇有好感，要不然也不会有那么大的积极性。

接过她捎来的东西，感谢的话、玩笑的话、扯淡的话、没话找话的话……都说过之后，彼此都拘着面子，又不敢"图穷匕首见"地道出真情，便一下子哑场，到告别的时候了。最后，我开玩笑地对她说："要不你帮我割会儿麦子？"她说："拉倒吧，留着你自己慢慢解闷吧。"她和我告别时，连个手都没有握。

麦田里，又只剩我一个人。翻滚的麦浪，一层层紧紧拥抱着我，那不是恋人的爱，而是魔鬼一般的磨炼——磨掉一层皮，让你感觉人的渺小，然后渐渐适应，让别人说你成熟。

大约过了一个小时，忽然，地头又传来叫声，还是她，还是在叫我的名字。过了不多时，那顶草帽又像船一样漂了过来，她一脸汗珠地站在我的面前。我不知道她折回来干什么，心里猜想会不会是她鼓足了勇气要向我表达什么，一想到这儿，我倒不大自在起来。

她从头上摘下草帽，热汗从发间流下。她把草帽递给我说："走到半路才想起来，多毒的日头，你割麦子连个草帽都不戴！"然后，她走了。望着她的身影在麦田里消失，完全融化在麦穗摇曳的一片金色中，我没有找出一句话，我总该对人家说一句什么才好。

白驹过隙，往事如烟，一晃已过去了将近四十年，时光让我们一起变老，阴差阳错中我们各奔东西。但是，我常常会感慨，有时候，你不得不承认，无论是在记忆里，还是在现实中，友情比爱情更长久。

（摘自《读者》2019 年第 18 期）

福与慧

黄永武

　　常听说："才子短命，才女薄命。"真是天妒奇才？老天让身怀一把慧剑的，总是以锋利之刃割伤自己的命运？

　　乍看世上的例子，你会觉得：有"慧"的人，还真是没有"福"。有"福"的人，总是那么"庸"，所以叫"庸福"。有"慧"的人，总是那么"清"，一点慧光，像灵气一般清逸，如何也不肯在"庸福"上常驻。不过细想一下，这也不是什么天命注定，实在和才人的个性有关，悲剧总是个性造成的。

　　才人总是过分焦躁，不能安分，不肯忍受生命的历程慢慢展开以成其大。像唐代的鬼才诗人李贺，二十七岁就死去。他是一个急躁、悲观、容易激动的青年，自负、早熟，拥有智慧与才情，但一遇挫折，就否定现实，对人生绝望。他喊出："我生二十不得意，一心愁谢似枯兰！"才二十岁就忍不住"不得意"了。"看见秋眉换新绿,二十男儿那刺促!"才二十岁就想象秋容满面、老态的可怕了。因为急躁、悲观,所以作诗的时候,恨不能把心都呕出来才肯罢休;喜欢将生命作孤注一掷,不相信"安静可以养福"的道理。更不想想,连圣人孔子要到达"从心所欲"的生命境地,也要由"十有五而志于学,三十而立,四十而不惑……"逐步展开而来。

才人总是过分敏感,不满现状,以一种叛道精神来与环境对立。如因科场案被罢黜的唐伯虎,放诞玩世,在葬花于药栏东畔时大叫痛哭。后来林黛玉也作"葬花诗",多愁善感的性格,加上鄙视世俗,诅咒功名,执拗古怪而孤立无援,最终成了薄福的人。相比之下,薛宝钗就安分和厚,守拙柔顺。其实,"福"就是"备","备"就是"百顺",古人说"日顺其常,福莫大焉",但才人都厌恶庸常平顺,总想有些惊人之举,就像用夜明珠来照明,固然"奇",却不如电灯烛火的"常"。奇的东西难以长久,所以庸常的福人恒享快乐,而卓异的慧人常抱幽恨。

才人总是过分炫己,尽情宣泄,不把侪辈看在眼里。才人的"骄"如遇到外界的"妒",骄妒互会,难免成一场祸事。像唐代写"年年岁岁花相似,岁岁年年人不同"的刘希夷,年轻时就中进士,姿容又美,他的舅舅宋之问想把"年年岁岁"这联妙句据为己有,刘希夷起先答应送给宋之问,后来又到处宣扬这是他的作品,一个骄,一个妒,宋之问就派家奴用土囊把刘希夷压死。刘希夷死时年未三十。这就如象因牙被擒杀,蚌因珠被割裂,才人以炫露招灾。

再则才人常"暴得大名"。对暴得的东西,人们常常不去珍惜,所以不懂惜福。才人又常有"出群"之想,于生命深处自觉有一种无边荒凉之感,所以常缺少一股慈祥安恬之气来享"福果"。才人又喜欢恃才任气，事到得意处，不肯留余以"养福"；言到快意处，不肯留余以"蓄德"，自以为那是真挚激烈，将灵光全发无余，因此总少一些浑朴的元气来广种"福田"。所以佛家主张"福慧双修"，把福配上德，多行"利他"之举，才可以把"慧光"保存下来。

（摘自《读者》2019 年第 20 期）

我记住了唐六妹

蒋　韵

《红楼梦》中有句话，"大有大的难处"，在重庆洪崖洞小吃街这样的地方，对一个外乡人而言，这句话可改作，"多有多的难处"——不知道该作何选择。我一个人走来走去，眼花缭乱，终于变得很茫然，最后随便走进一家：小小的店堂，敦实的木桌凳，没什么特别之处，却很顺眼，俗话说选不如撞，果然，撞进去也就踏实了。

我要了小面，又要了酸辣粉。小面是头一天就听重庆的朋友推荐的，而酸辣粉在我的理解中就是我们北方的凉粉一类。酸辣粉先上来了，出乎意料，上面覆盖着满满的肉末，我用筷子尖挑起一点尝尝，有浓郁的猪油味道。于是我把它推到一旁，重新叫了一碗凉粉。老板有些诧异，问我："是不是有什么禁忌？"我忙解释说："不好意思，是我不知道酸辣粉里会有肉，我不太喜欢吃油腻的东西。不过，这碗我会一并买单。"

　　于是，我吃了很香很辣的凉粉，吃了同样很香很辣的小面。结账时，故事发生了：老板竟不肯收酸辣粉的钱。我深感意外，说："这不合适，东西是我自己点的，再说那碗粉我已经动过了。"老板回答道："你是外地人嘛，好多事情不知道，下次就知道了嘛。"三下五除二，老板为我结了账，那碗酸辣粉自然免了单。

　　一碗酸辣粉，四元钱，而一碗小面和一碗凉粉加起来才不过四元五角。走出小店，我回头看了一眼它的招牌，红底白字写着：唐六妹。于是，在阴雨连绵的山城重庆，我记住了这个对我而言很温暖的名字。

　　这让我想起另一件事。那是几年前，在纽约的地铁站，一个最容易让异乡人感到迷茫、孤独和恐惧的地方。那一天，我一边站在人流熙来攘往的地铁检票口等着去买票的丈夫，一边抬头茫然地看着悬挂在头顶上方的指示牌。突然，有人拍了一下我的肩膀，我吃惊地回头，只见是一个陌生的中年男人，亚裔，黑眼睛黄皮肤，凭他眼睛里的神情，我看出他是我的同胞。果然，他手里拿着一张磁卡，指指检票口，用汉语对我说："你进去吧，我替你划了。"说完，他转身而去，似乎是怕我道谢，迅速消失在各种肤色汇成的人流里。

　　我走进检票口，心里一阵温暖。至今，我也不知道是什么原因，使这个刚刚走出站口的男人在看到我的那个瞬间，内心突然柔软了一下。是我脸上那种不自觉流露出的异乡人的无助、紧张和迷茫吗？或许是我孑然独立的身影让他想到自己初来乍到时的种种辛酸？我不知道，但传说中最冷酷的纽约，人心最硬的纽约，视他人为地狱的罪城，却在这一瞬间向我流露出它的善意和温情。于是，在我的感觉中，纽约永远比芝加哥柔软。

　　世界上的大城市，对异乡人而言，差不多都是冰冷的，喧嚣着拒人于千里之外。但总有这样的缝隙，比如，唐六妹小吃店一碗免单的酸辣粉；比如，纽约地铁检票口前一只拍在陌生人肩头的手，人性的光芒就是从这样的缝隙中流泻出来，如同阳光钻出云层。它惊鸿一现的照耀永远是我走进一个新地方，面对一群陌生人的勇气之源，我愿意以这样的方式记忆一座城市。

（摘自《读者》2019 年第 11 期）

熟人生处

姚正安

一个故事，令我想起几十年前祖父对我讲过的一段话。

一位成功人士回到家乡，某一天出门办事，在政府一楼大厅里看到一位他熟悉的朋友。这位老兄二话不说，三步并作两步，走到那位朋友的背后，一把将他抱起来，原地旋转了一圈。当时正是上班高峰期，此举引得很多人侧目。那位朋友不知所以，站定后，尴尬地掉转身，瞥他一眼，招呼都没打一声就走开了。这位老兄怕是还在心里嘀咕，什么玩意儿。

事后，这位老兄愤愤地讲那位朋友的不是，说什么认识多少年了，至于那么摆谱吗？抱他是说明我们感情不一般。

但有人对此表达不同的意见，你与朋友熟悉是事实，但不能因为熟悉就不顾场合，不考虑方式。大庭广众之下，有那么多下属看着，朋友自感面子上过不去，不发火就不错了，怎么可能再对你表示好感呢？

想起小时候，我常待候在祖父身边。祖父是文化人，待人谦恭热情，家里少不了客人。有些人几乎每天必到。因为熟悉了，我常常做些小动作，比如用粉笔在人家衣服背后写字，把人家帽子藏起来，有时甚至大名小号地称呼对方。

祖父见此，只用眼睛瞪瞪我，待客人走后，才好好教育我。祖父说，别以为人家是常客，就不尊重人家，再熟的人，是祖辈就是祖辈，是父辈就是父辈，一点不能马虎。对待每一个熟人都要像第一次见到那样，恭恭敬敬、彬彬有礼。你与人家动手动脚大名小号，人家当面不说，背后肯定会说这个小孩不懂规矩，家教不严。

那时还小，祖父的话如同春风过驴耳，我根本没往心里去。及至长大走上社会，所见所闻真是不少。大多数人不以为然，以为熟不拘礼，既然是熟人是朋友，要那么多规矩干吗，甚至认为，礼多了，反而生分。

正因为有这种想法的支配，所以，老熟人、老朋友走到一起，大话、粗话多了，恶作剧也多了，熟人间因此疏远者有之，朋友间因此反目者也不鲜见。

现在想来，祖父的那段话，可归纳为四个字：熟人生处。意即对待熟人也要像对待陌生人一样相处。

有人说，熟不拘礼。是的，既然是熟人，没有必要囿于礼，但是，不是不要礼，更不是可以随意地不尊重对方。有的人，在聚会时，以为是熟人，行为上随便不说，还动辄揭别人的短处甚至隐私。给熟人足够的尊重，才能熟而不俗，友谊长存。何况，尊重别人就是尊重自己，你揭别人的短处，别人岂会善罢甘休，一来二去，最终伤了感情，伤了自己。

孔子在熟人生处上确实做出了表率。《论语》记载："见齐衰者，虽狎，必变。见冕者与瞽者，虽亵，必以貌。"意思是说孔子见到服丧的人，即使是亲近者，也必定改变神色，表示同情；见到戴着礼帽的人和盲人，即使是熟人，也必定礼貌相待。

　　不管是熟人还是陌生人，都得以礼相待。熟人生处，于人表示出尊重，于己体现出风度。

（摘自《读者》2019 年第 11 期）

人世真局促

潘向黎

我爱茶又爱诗，因此读了茶诗无数。最令我心醉神往的，就是这两句了："乳瓯十分满，人世真局促。"

这是苏东坡的诗句。这两句诗的意思可以理解为：茶器里的茶汤可以注到十分满，人生在世却有种种欠缺，不可能这样圆满。或者，可以进一步解释为：满是茶汤的小小茶杯真是广大，杯外的人世反而狭小局促。但是，这十个字的含义似乎远不止这些。说不清，但能体会到，真是——醍醐灌顶。

茶芳洌清神，其清入骨，除了实用和享受层面的益处，还有一些精神层面的特殊功能。"艺术修养高的人，借助茶的媒介，使自己获得一种特殊的时空感，取得内心的平静。"王从仁的这句话说到点子上了。

有人则是在桃花源品茶之后，漫步竹径，细雨清风之中，竟觉得说不定在这小径深处，会意外遇上解甲归田的陶渊明。茶兴、茶爽，使时空发生了转移。

类似的感觉，苏州人说得更透彻、更天经地义。"在园林里是能遇上古人的，或者他们将自己就当成古人了。他在拙政园泡好茶，好像唐伯虎已经到北寺塔了，唐伯虎也是闲来无事，出了桃花坞的门，散步着一路走来……"这是苏州人陶文瑜的版本。这样的异想天开，实在是茶带来的乐趣和幻梦。

说到幻梦，梦与真实的边界有时是模糊的。苏东坡于元祐四年（1089年）到杭州，作《参寥泉铭》，铭曰：

> 在天雨露，在地江湖。
>
> 皆我四大，滋相所濡。
>
> 伟哉参寥，弹指八极。
>
> 退守斯泉，一谦四益。
>
> 余晚闻道，梦幻是身。
>
> 真即是梦，梦即是真。
>
> 石泉槐火，九年而信。
>
> 夫求何信，实弊汝神。

所谓"真即是梦，梦即是真。石泉槐火，九年而信"，说的是苏东坡亲身经历的一件奇事。熙宁四年至七年（1071—1074），苏东坡任杭州通判，与诗僧道潜（号参寥子）很投缘。元丰三年（1080年），东坡谪居黄州，一天夜里梦见参寥子携诗相见，醒来后只记得其中两句："寒食清明都过了，石泉槐火一时新。"梦中东坡问道："火固新矣，泉何故新？"答曰："俗以清明淘井。"九年后，苏东坡再度来杭州，在寒食节那天去参寥子卜居的孤山智果精舍相访，"舍下旧有泉，出石间，是月又凿石得泉，加㵼。参寥子撷新茶，钻火煮泉而瀹之"。这和九年前梦中的情景完全相符，谈诗论茶之梦，九年后居然应验，苏东坡大为惊奇。

茶秉天地至清之气，一般嗜茶之人可以以之清心养志，忘忧出尘，忘记身处何时、何地、何种处境。像苏东坡这样文化修养极深厚、感悟力极强的人，可以借助茶获得非现实的时空感觉，并且通过对人对己的心理暗示将它实现。这可能是这个趣闻唯一合理的解释。

"乳瓯十分满，人世真局促。"只有对茶、对人生都有着很深体会的人，才写得出这样的诗。我认为，这触及了茶饮的终极意义。也可以反过来说："人世真局促，乳瓯十分满。"正是因为人世有太多的龌龊，所以需要茶的清洁；正是因为人世有太多的缺憾，所以需要茶的圆满；正是因为人世有太多的局限、仓促、无奈，所以才需要茶的圆满丰盈、舒缓从容、无边自在……饮茶带来的特殊的时空感，是虚幻的，又是真实的，它无限广阔，澄清无尘。

日常是灰暗，茶是鲜明照眼。

人生是干枯，茶如秋水盈涧。

现实是暗夜，茶如明月当头。

世道是炎热，茶如清风拂面。

身临其境，似有我，若无我，身外之物化作烟雾散去，似乎天地间只剩下一个我、一盏茶，刚刚找到自己又飘然忘却此身。"长恨此身非我有，何时忘却营营？"茶烟轻扬，茶香缭绕，茶甘在喉，当此际，说忘也就忘了。

也许，人们对茶恋恋不舍，归根结底，不是因为百般功用，不是因为千般风雅，而是这种在短暂的人生、局促的人世中找到片刻自在的感觉。

（摘自《读者》2019年第7期）

且将一生草木染

方　蕾

　　喜欢一种颜色久了，便自然而然想穿上这般颜色的衣裳。就如我，总觉得青色是大自然里最超脱飘逸的颜色，每见绿竹猗猗、群松春睡时，就想将这松竹之色，染一点在自己的衣袖间。

　　我对青色的喜欢，源自一句诗："青青子衿，悠悠我心。"青青子衿指的是青色的衣领，这青色从何而来呢？也许是源自《诗经》里的另一首诗："终朝采蓝，不盈一襜。"丰饶的大地上，妇人采了一天的蓼蓝，却连一衣兜也没采满。

　　采蓼蓝是为了染色。古时，人们会从花、叶、根、茎中提取染液，为织物染色，称为"草木染"。

　　仁厚的蓝，是草木染最质朴的颜色。是谁在千年以前，染了第一片蓝？那一定是惊艳的一天。从此，日子里万般颜色，竟都可以从自然中来。

蓝草染蓝色，茜草、红花染红色，栀子、柘树染黄色，乌桕叶染冷冷清清的灰……草木如地母一般，将能量与心意馈赠于人。细心的妇人懂得这般馈赠，采摘、调配、浸染、冲洗、晾晒……多少次反复，终于沉淀出古代中国特有的草木染。草木染丝线，织绣的山河便在春天里绵延；草木染布匹，四季原野就做成了衣裳。

在辽远的时代里，你想要染得一个颜色，可能要等。

等一个季节，等一株花草长成。春有春的风物，冬有冬的清绝，等待一次恰逢其时的相遇，急不得——自然的时令从来都使人敬畏，最早的草木染，像极了长久的情感，耐得住性子，守得住静谧。

这长情里又藏着不期而遇的惊喜。栀子花净白，却能染出黄色；石榴花如烈焰，染出的却不是火热的红；蓝靛水薄薄地浸过白纱，微风拂过，颜色竟似凌晨的月光。

那月色里的蓝，便被命名为"月白"。

草木染出的颜色，温润天然，契合了自然万物的诸般气质。秋香、天青、松绿……命名深美，让人不禁联想到意境。中国人对自然的色彩审美和情感寄托，也在草木染中，沉淀悠远。

《红楼梦》里的色彩美学和情感，在大观园的草木染里藏着线索。读到第四十回，我们感叹，原来还有这样一种软烟罗，"那个软烟罗只有四样颜色：一样雨过天晴，一样秋香色，一样松绿的，一样就是银红的"。四样颜色皆是草木染所得，又各有一种天然气息。宝玉撰写了一篇祭文，其中有一句"茜纱窗下，我本无缘"，那茜纱便是银红的软烟罗，是用茜草染的，独给黛玉做了窗纱。潇湘馆的绿竹衬着茜色窗纱，是《红楼梦》的色彩美学，鲜明生动的青春爱意，也是宝黛悲剧的草蛇灰线。

草木染颜色，贴合着自然，也投射着人物的气质。即使都是草木染的红，杏子红与石榴红的意蕴也不尽相同。杨贵妃的裙是红花染的，张扬、热烈的红，力证着她的美艳与喜悦；黛玉是茜色；更民间一点的女孩儿，是杏子红。

还记得那个"单衫杏子红，双鬓鸦雏色"的女孩儿吗？她在《西洲曲》的江畔，遥遥一望，江南水乡的青春光彩，瞬间便让人觉得亲切了。《捣练图》里，穿着杏子红上襦的女子倚着木杵偷闲，寻常女子的生活便声色热闹，栩栩如生。

人生若如草木染，杏子红该是多么从容喜悦的一生。"那林黛玉严严密密裹着一幅杏子红绫被，安稳合目而睡。"读到此处时，我不由得希望，灵巧脆弱的林妹妹，能夜夜在一席杏子红绫被的环拥中安稳休憩，仿佛茜草沾着泥土的香气，能妥帖地包裹她的一生。

时间就像草木染着一匹布这般，染着我们的一生，又浸润、沉淀着我们的一份长情。我也愿意对我这一生的草木染，怀有期待与欣赏。

在广阔、丰饶的自然草木间，我愿意做一个"终朝采蓝"的人，把一生悠悠又专注地浸染，染出青青的衣领，染出美好的月白，染出喜悦的杏子红，染出妥帖的草木香气。

（摘自《读者》2021 年第 20 期）

住　校

申赋渔

初三转学后，便离家很远，我不能经常到油爷爷家去了。

半夏河流进北河的时候，分了一个岔，一端向东，一端往西北。油爷爷家在往西北去的河边上。他是村里唯一的榨油师傅，虽然他比我爷爷还高一辈，我们还是喊他"油爷爷"。他的家就是油坊，四间草房子。

第一间空空的，中间放了一口半人高的陶缸。靠大门摆着一个小矮桌，边上是两把竹子做的小椅子。油爷爷总是坐在小椅子上，戴着副老花镜，一边喝茶，一边看书。他小时候上过几年私塾，认得字，家里有不少的旧书，这在村子里是很罕见的。我常常去，就是想借他的书看。可是不能借了就走，要坐在他旁边，听他说话。他说的都是几百年上千年前的事，说的那些人，就像都是他认识的，熟得很。"张良这个人哪，就是能忍。能忍才能做大事。"说起他们，就像说起我们村里的某个人。

油坊太偏了，没人过来。大半天的时间，就我们一老一小坐着，说些奇奇怪怪的话。

我们聊天的这间屋子算是油爷爷的客厅，后面的一间砌了一座大灶台，可大了，上面放了两口大锅。一口锅上放着一个高高的木甑子，放的时间长了，落了许多灰。油爷爷不用这个灶烧饭，他做饭的灶台小小的，在外面的棚子里。

再后面的一间，靠墙的地方横放了一根大木头，有五米多长，是根老榆木，据说还是油爷爷年轻的时候从外省买来的。木头中间有一段挖空了，这叫榨槽木。用稻草扎好的豆饼就放在空槽里。屋梁上悬挂了一根木撞杆。尖的一端朝前，打油的时候，推着它撞榨槽，油就打出来了，像线一样，流到下面的铁锅里。

最里面的一间是磨坊，两扇大磨盘架在房子中间。木杠子、牛轭和牛的眼罩搁在磨盘上，积了一层薄灰。磨子只有在榨油的时候才用，用牛拉。油爷爷没有牛，要向生产队借。生产队取消后，就跟篾匠爷爷借。

只有冬天才榨油。秋收完了，家家闲下来，就来找油爷爷定时间。

"爷爷，我们家哪天啊？"

油爷爷戴上老花镜，翻开一个油乎乎的本子，在上面画一画，抬起头，把眼镜摘下来："'大雪'后一天。"

豆子都是各家自己准备的，一担一担挑过来，蒸油籽的柴火也要从自家带。一般都是晒干了的玉米秸，每捆都不重，所以就由孩子们弓着腰，一趟趟背过来。

妈妈在灶上烧火，爸爸去帮油爷爷推撞杆，小孩子呢，可以照看大石磨，拿个瓢，不断朝里面加豆子。

榨油可复杂了，看得人眼花缭乱，只有油爷爷知道先后的顺序和各个环节的火候，一切都要听他的。一般都是几家合在一起来榨油，每一个环节都有几个人在忙碌。这拨人榨完了，又来一拨。人来人往，油坊成了一个香喷喷的、嘈杂喧哗的小集市。我还是常常来，可是油爷爷已经没有时间跟我说话了，他不停地跑来跑去，原本干干净净的一个人，变得油乎乎的。布围裙因为沾的油多了，发出兽皮一样的光亮。手上、脸上、头发上，都黑油油的。最让我惊讶的是，他这样一个不高也不壮的老人，竟有那么大的力气，那么重的撞杆，在他手里像一件玩具。一边打着号子，一边跑动着，推过去，撞过去。打号子像在唱歌："嗬呀——嗬哈！"而撞击声就是节拍。第一声"嗬"是往后拉开撞杆，第二声"嗬"就是向前猛力撞出了。所以第一声十分悠扬，第二声就是从肺腑里发出的吼声了。而配合他的年轻人，就跟着这个节奏，使劲地推撞杆。

这种喧闹，要从立冬持续到小年夜。这几个月里，油爷爷的屋里从早到晚点着一盏油灯。油灯不能熄，这是敬油神的。熄了，再好的豆子也榨不出多少油。油灯放在一根窄窄的贴着红纸的木板上，木板横放在油爷爷第一间屋里的陶缸上。

油爷爷一直在油坊里面忙碌，几乎不到放陶缸的这间屋子里来。每家榨过油了，用桶把油装好，跟油爷爷打个招呼："爷爷，走啦。"油爷爷就朝他们点点头："好！"又忙自己的去了。

拎着油走的人，经过这陶缸时，都要朝缸里倒一些油。倒多倒少，没人看，每个人都知道自己该倒多少。这缸油，是油爷爷一年的收获。

过了春节，油爷爷就不忙了，一直闲到开始榨油的冬天。这几个季节，他也不是全闲着。有时去帮篾匠爷爷照顾大黄牛，有时去帮忙看守晒场上的粮食。有人喊他帮忙，他就去。无事可做，他就在油坊里待着，翻来覆去地看他的古书。

没几天就开学了，要离开家了，我把借了好久的一本书拿去还给油爷爷。

"怎么？跑那么远的地方去念书？"

"是我自己想去的。"

"要住在学校？"

"学校里有宿舍。"

油爷爷最快活的，就是跟人说秦叔宝、程咬金，说赵子龙。可是除了我，村子里没人听他说这些闲话。每个人都忙，每个人的心思都不在这里。他住得偏，除了住在附近的剃头匠偶尔会过来坐一坐，没人来这里。现在，我也要走了。

天渐渐暗下来。我说："爷爷，我回去了。"

"等等，等等。"他进了里屋，拿出一只扁扁的巴掌大的玻璃瓶，掀开大陶缸的盖子，拿勺子舀油，装了满满的一瓶。

油爷爷递给我："这次榨的油好，香还不算，醇。学校的饭菜我晓得，找不到一点油星子。"

"爷爷，我不要。"

"给你的，拿着。在外面孤身一个的，不比在家里。"

我把豆油带回家，交给妈妈，妈妈埋怨我不该拿。爸爸知道了，又狠狠骂了我一顿，然后跟妈妈嘀嘀咕咕，要拿点什么还回去。

我什么也没说，说也没用，心里一阵难过。

我去上学了，学校离家有二十多里。我是插班进来的，跟周围的人都不认识。他们已经同学两年了，彼此都很熟悉，每个人都有自己的好朋友。因为是住校，放学后有大把的空余时间，我装作认真学习的样子，拿一本书，一个人到操场边的河岸上坐着。

（摘自《读者》2020 年第 10 期）

落雨的时刻

高 兴

　　傍晚时分，天又下起了雨。想做点什么，却怎么也集中不了心思——已在那雨中了，我知道。雨，不断地下，点点滴在我的心头，湿润了我的记忆。

　　童年，就这样，在雨声中一步步走近。

　　在江南，下雨是一种日常，也是天的性情。随时都会下雨。阵雨，中雨，毛毛细雨。下得最多的就数毛毛细雨了，毛毛细雨成了江南的典型氛围。

　　我们家乡人不说下雨，而说落雨。由于时常落雨，家家户户都要备好几把伞。那时，人们撑的都是油纸伞，戴望舒诗中的油纸伞，绛红色的，在雨中飘着，让灰色的世界有了点色彩。

　　我小时候不喜欢撑伞，下再大的雨，也不撑。总觉得那样的伞太柔弱，再说拿着也麻烦。我从未希望"撑着油纸伞"，遇到"一个丁香一样的，结着愁怨的姑娘"。那时，哪里有什么愁怨啊，只有单纯的快乐。

在雨中行走，其实，是件极为惬意的事，尤其在夏天。雨，打在身上，绝对比人的抚摩还舒服。雨的抚摩，是最体贴的抚摩。我就这样长期享受着雨的抚摩，从不担心会因为淋雨而感冒。记忆中，我也确实没有因为淋雨而感冒过。

我还喜欢在雨夜，关上电灯，躺在床上，听雨打屋顶的声音，仿佛天在演奏。那是我童年的音乐。

和雨的特殊缘分，最终促成了发生在上海街头的故事。那是 20 世纪80 年代，我陪同罗马尼亚女演员卡尔曼去商店购物。忽然，就下起了雨。所有人都躲进了商店，或打起了伞。唯有我和卡尔曼，在雨中从容地走着。卡尔曼说，欧洲的艺术家都喜欢在雨中漫步。我说，如果这样的话，我从小就是艺术家了。

抵达饭店时，卡尔曼为了感谢我雨中的陪伴，竟当着许多人的面，热烈地拥抱我，在我脸上重重地吻了三下。三个火热的吻，和雨连在一起。

我从此更喜爱落雨了。

（摘自《读者》2021 年第 24 期）

猜书人

张天翼

很多年前，我交过一个男友，他有一个奇怪的爱好：猜测人们正在读的书的名字。

某个冬日的夜晚，我从打工的咖啡馆下班，在地铁站台等末班车。我一只手托着书，另一只手不断从口袋里掏蜜饯梅子塞进嘴里。

末班地铁间隔时间很长。我逐渐注意到，有个人影总在旁边晃动。我把一根手指夹在正在读的那页，垂下捏着书的手，抬起头来，冷冷地瞪着他。

那是个戴红帽子的年轻人。我沉着脸问："您要问时间吗？"他倒退一步，举起双手，亮出掌心，表示并无恶意，却问出一个奇怪的问题："您正在读的，是不是科塔萨尔的小说？"我很震惊。他望着我的脸，嘴角露出得意的微笑。我眼睁睁地瞧着他收割了我的惊诧，像果农从枝头摘下一颗果实。

但我喃喃答道："不，不是科塔萨尔，是哲里科。"

他的嘴巴倏地张大，难以置信地瞧着我。

我不再看他，转身走远一点。我想：用这种方式搭讪，真蹩脚。不过哲里科的风格确实是模仿科塔萨尔的——虽然他一辈子只出过一本薄薄的短篇故事集——因此，这人的猜测竟也有点道理。

一个多星期后，我又轮值晚班，坐末班地铁回家，在最后一节车厢的角落里坐下来。书搁在大腿上，我一只手从口袋里掏蜜饯吃，另一只手翻书页。

在地铁咣当咣当的撞击声中，我用余光看到一块鲜艳的红色晃过来，在我对面停下——是一顶红帽子。

他在我对面坐下，见我抬眼看他，笑了笑，举起手中一个线圈本，本子上写着：恶心。

我目瞪口呆地望着他——我正在读的确实是萨特的《恶心》。

我有点晕乎乎的感觉，就像被一根涂了毒液的箭镞射中似的。

他又指指我左手边的人——一个几乎把头埋在书里的小男孩。他掀开本子的下一页：巴斯克维尔的猎犬。

我斜着眼睛往小男孩的书页上瞧了一眼，看到几个字："亨利爵士和摩梯末医生……"

好吧，他又说对了。

十分钟后，我跟他坐在地铁站外的街边，分吃我的蜜饯。我问："你只凭封底图片、书脊上的字体样式、页数的多寡，就能推断出书的名字？"

他含着蜜杏子，一边吮指头，一边说："不，猜书名又不是巫毒术，瞥见书页上的一个词、一句话，那就够了。其实我很少猜错……昨天和前天，你读的是洛尔迦的诗集，四天前的早晨你在读亨利·贝斯顿的《遥远的房屋》，六天前你在读儒勒·米什莱的《虫》……是不是？"

我说："你在跟踪我？"

他居然并不羞愧。他又说："刚才那个小男孩看的书，书皮是暗绿色，封面和封底都印着作吠叫状的狗头。那本书还可能是康拉德·洛伦茨的《狗的家世》，或巴甫洛夫的《动物高级神经活动客观研究二十年经验》，但以他这个年纪，能让他读懂又看得那么入神的，再联系到他脸上那种兴奋、恐惧、激动的表情，只能是《巴斯克维尔的猎犬》。"

在他说的时候，我就不断点头。

他挑挑眉毛。"我发现你喜欢给诗集包绿色书皮，小说就一律包黄色书皮，历史书则包黑色书皮，散文包蓝色书皮，是不是？"

我说："是。"

我又问他的名字。

"你可以叫我'岩莺1947 Ⅲ'。其他的？"他微微一笑，露出雪白的牙齿，"你想知道，就猜吧，就像我猜你手中书的名字一样。"

从那夜开始，我们成了"一对儿"。我们并不像别的情侣那样一起吃饭、看电影，我和他的约会项目，就是到公共场合玩"猜书名"。

岩莺1947 Ⅲ几乎每天都来找我。他会在我打工的咖啡馆外接我下班；我上课的时候，他就去图书馆等候。休息日，我们坐各种交通工具，到咖啡馆消磨时光，去公园里转悠、散步。年轻女士多半看有俊美主角的畅销爱情故事书或大众心理学方面的书。男人爱读侦探小说。上了岁数的男人喜欢人物传记、历史事件解密。

咖啡馆里的人大多捧着诗集、小说，为可能到来的艳遇和搭讪备好道具。他们的眼睛多半并不忠实于书页。我和他常为某个客人手里书的名字打赌。几乎每次他都能猜对。

岩莺 1947 Ⅲ 是个好情人。有时我坐在公园的湖边等他，一边等，一边看书。他就在我专心致志的时候，悄无声息地到来，从后面偷看我的书页，叫出书的名字。

他对其他事都不太感兴趣。我们甚至很少"交谈"，因为我和他没有一点地方能够重叠。他只是用轻柔而旁若无人的声音，不断讲述他的想法，好像这样最终就能奏效似的。

我曾问他的家乡在哪儿，他似笑非笑地说了一句华兹华斯的诗："我游荡如一片孤云……"在陌生的国家旅行时，异国人手里的书印着陌生的文字，这时我们会玩新游戏——编造那本书的内容。

比如，我会问："那个在喷水池边吃汉堡的中年男人，他读的是什么？"

"他读的是《五十个妙方！让女人三天迷上你》。他喜欢公司里的红发秘书小姐，打算明早就试验第一个妙方……"

"那个穿红格子法兰绒衬衣的老头儿，坐在洋地黄花坛边的长椅上读书，一个老妇人紧挨着他织台布。他在读什么？"

"他在读《玫瑰花种植栽培技术》，身边是他的太太。年轻时，他曾许愿要培植出一种新品种玫瑰，并以她的名字命名。他曾靠这个获得了一长串热吻。五十年后，他总算有时间研究这件事了。"

"那个坐在草坪上戴眼镜的牙套女孩，又在读什么？"

"哦，她今年刚十五岁，在读生日时姨妈送的《呼啸山庄》。昨晚她已经为凯瑟琳和希斯克利夫哭过了，今天在读最后一部分。"

每当他滔滔不绝的时候，我的喉咙都会逐渐缩紧，手心发烫，既想这样永远听他说下去，又想扑上去抱住他，堵住他的嘴巴。

那时我真爱他啊，虽然我不知道该怎么评价他。我找不到贴近他的路径。

我并不善于猜测。只有一次，我似乎猜中了什么。在一间小酒馆里——不知道是我第几百次猜测他的身份——我带着半杯酒的醉意，半开玩笑地说："我猜，你出生在一个无比巨大的图书馆里。自幼至长，你只能与无穷无尽的书、书里的先哲和故事人物相伴，就像鱼类生活在水里一样。你跟它们游戏，枕着它们入眠。把书一本本切碎，拌上辣椒和香芹碎末，咽下去；掺着砂糖和蜂蜜，喝下去……很多年过去，当你终于抬起头来时，你发现距离你的同类——人的世界，已经太远了。你所熟知的只有书。就像有些人用信仰、责任、血脉，爱或恨，把自己跟世界联系起来，你想要用书作为桥梁，作为摆渡船，进入人世，找到落脚点……"我说完这段话，他罕见地没有否认，黑眼睛闪烁了几下，那目光就像来自一个更神秘、更广袤的空间。

我不记得拥有过他多久，也许是一年，也许是半年，也许只有几个月。某夜，我和他乘地铁，从某站上来一位穿鼠灰色外套的高个女士，腋下夹着一本巨大的书，封面殷红。

他凝神看了几眼，低声说："奇怪，那是什么书？"我说："那样大的开本，也许是画册？别急，她会拿起来读的。"

待灰衣女士展开书页，他立即向她走去。从她身后走过，又走回来，回来找我。

"不是画册。"他摇摇头说，"密密麻麻的小字，'机械师登上了甲板''定音鼓、铃鼓和鹦鹉的声音混杂'……你猜得出是什么书吗？"

"猜不出。也许只是她或她朋友自己印刷的书，你也说过，人不可能认识每一本书。"

他面上竟有了忧急之色。"不，我觉得这本书很重要，我得知道书名。"

我说："那么，直接去问她好了。"

就在这时，地铁到站，车门打开，那位女士下车了。

他捏了捏我的手，语速极快地说："到下一站等我。"说完，他飞快地冲出车门。车门就在他身后缓缓关上。

那顶红帽子在黑压压的人群里一闪，不见了。

就像庞德的那首诗——《地铁车站》："人群中脸庞的幻影，潮湿的黑色树枝上的花瓣。"

我在下一站的站台上等了又等，直到错过最后一班地铁，也没有等到他。

他离开的时候，腮帮子上还鼓着一小块圆圆的没吃完的蜂蜜李子。

那晚之后，我再也没有见过他。

后来我发现，不知情的永别，居然就发生在我第一次遇到他的那一站。

我没法去找他。我不知道他的住址、电话，甚至真名。后来有人告诉我，"岩莺 1947 Ⅲ"像一颗彗星的名字，按照天文界的规则，"1947"是发现彗星的年份，"Ⅲ"代表它是该年被发现的第三颗彗星，"岩莺"是发现彗星的天文学家或天文爱好者的姓氏。

他早就想暗示我，他只是彗星？

很多年以后，我搬到一座城市，又　跨过一片海，搬到另一座城市。

我任凭自己衰老下去，始终没有结婚，甚至没法再投入地恋爱。因为别的男人都没有他那么自由自在，不矫饰，痴心于一个隐秘的爱好，兴致勃勃，精力充沛。那是一段不能再重现的迷恋。

我定居的这座小城是个安静的地方，工商业不怎么发达，但书店很多，政府不断慷慨拨款，保证城里的图书馆都能正常运营。大多数市民都钟爱读书。他们这里的书比别的地方小一号、薄一层，刚好能放进女士的手包和男士的大衣口袋，因此，书便和唇膏、镜子、香烟、打火机一起成了必需品。人们一有闲暇，就顺手掏出书来读一段。

我心满意足地在这里住了三年，五年，七年。待在读书人中间，我感到安宁、安全。

某个晚上，我坐地铁回住处，把一本讲阿尔卑斯登山史的书摊在腿上，一只手从口袋里掏蜜饯吃，另一只手翻动书页。

车厢里很空，回响着呼呼的风声、咣当咣当的撞击声。一个人走过来，在我身边坐下，轻声说："您好。"

我抬起头来。是个年轻女孩，年纪不会超过二十岁，还不到我年纪的一半，皮肤紧绷发亮，满眼都是对世界的好奇。

她有点窘迫，但仍迎着我的目光说："打扰了，我能不能问问您手中的书叫什么名字？"

我呆呆地望着她，手指松开，书的前半部分弹过来，合上，现出封皮。她低头看了一眼，把书名念了一遍，笑道："其实我是替我男友问的，他经常跟我打赌猜书名。"

我问："你男友在哪儿？"

她伸手往身后一指："喏，他坐在那边。"

我紧紧咬住牙，心脏在胸腔内疯狂地跳动。我回过头去，在车厢的惨白灯光里，我看到那边坐着一个戴红帽子的年轻人，帽子下边的黑眼睛里，仿佛有一簇火焰，腮帮子上鼓起圆圆的一小块，像正含着一颗蜜饯李子。

（摘自《读者》2021年第3期）

鸟失踪

朱山坡

1

不是迫不得已，母亲是不会到城里来的。因为她对汽车尾气像对鸟毛一样严重过敏，而且，用她的话说，除非死了，否则在城里永远都睡不着觉。

但痴迷那只鸟的父亲就不同了。每当我要出差，需要他帮我照顾那只鸟的时候，他会毫不迟疑，甚至会连夜赶到。邻居告诉我，父亲照顾那只鸟比女人照看婴儿还要周到，他把肉切成肉泥，用牙签一点一点地送到鸟的嘴边。夜里，父亲拿着扇子给鸟驱赶蚊子。鸟笼干净得像新的一样，杯子里的水没有一点杂质，鸟的羽毛被梳洗得光亮如漆。父亲总是喜形于色地告诉我，这几天鸟唱了多少回歌，说了几句话，甚至粪便有什么变化……我注意到了父亲对鸟的迷恋。他舍不得离开县城回家，整天就跟鸟在一起，甚至开始忌妒我向鸟靠近。我察觉到父亲的怪癖。其实，晚年的父亲已经集天下男人所有的毛病于一身：酗酒、好赌、懒惰、几个月不洗澡和对老婆傲慢。更有甚者，父亲要跟母亲离婚，他异想天开地要和一个贵州女人结婚。母亲对声名狼藉的父亲早已经忍无可忍，如果不是觉得彼此都年逾古稀，早就把他撵出家门了。

然而奇迹还是在无意之中发生了。父亲每次从我这里回家之后，母亲都会欣喜地发现，他似乎忘记了酒的存在，忘记了通往赌场的路，而不时在别人面前提到我的那只鸟："多好的鸟，像我的另一个儿子。"

如果说要靠一只鸟才能拯救父亲的话，我没有什么理由不忍痛割爱。不等母亲开口，我便请父亲来一趟县城，让他把鸟带回乡下。父亲如获至宝，生怕我反悔，逃也似的带着鸟跑回乡下。在此之后的半年，他再也没和母亲吵过架，什么地方也不去，整天跟鸟在一起。

然而，有一天早上，母亲气急败坏地闯进城来，撞开我的门。"你爸彻底失踪了，也许永远不回来了。"母亲沮丧地说。

怎么会失踪呢？我意识到事态的严重，赶紧随母亲赶回老家。乡亲们对我说的第一句话就是："你爸变成了一只八哥，跟着一群鸟飞了。"

2

父亲从我那里带回那只鸟后做的第一件事便是跋山涉水采回最好的花木，编织了一只比原来那只大得多的鸟笼。用母亲的话说，那不是鸟笼，而是猪笼，大得可以装下一头猪。后来他做了一个更大的鸟笼，自己也钻了进去，跟鸟睡在一起，早上起来他的脸上全是鸟粪。母亲无法忍受鸟粪的腥臭和鸟毛过敏带来的痛苦，彻底跟他分居了，除了每天提供两顿饭，对他的事情一概不管。

父亲不满足于让那只鸟待在鸟笼里。他把鸟从笼子里放出来，发现鸟有灵性，跟着他，也不试图逃跑。最后，他把鸟带到地坪和晒场甚至更广阔的田野上，鸟都驯服地跟着他，只要他吹一声口哨或者打一个手势，它就会来到他身边，停在他的肩膀上或头上。它还朝着路人不断地说"您好"。路人司空见惯地奉承两句，父亲便得意地说："多好的鸟，像我的另一个儿子。"

与鸟笼相比，那只鸟当然更喜欢山林，越来越不愿意回家。父亲便纵容它，让它在山林里待上越来越多的时间，甚至和它一起在山里过夜。

有一次，几天不回家的父亲失魂落魄地从山林里回来，钻进厨房里狂吃隔夜剩饭，浑身散发着说不清楚的臭味。吃完饭扔下碗筷，他又往山林那边跑去了。远远看去，他就像一个野人。

母亲对着他的背影愤怒地说："你死在山林里算了，永远别回来！"

此后，父亲回家的次数越来越少。有人在山林里看见过他，他就躺在树上，那只鸟和一群形形色色的鸟在树冠上叽叽喳喳，热闹得像开生日宴会。母亲也到山林里找过父亲，别人告诉她，往鸟最多的地方去，肯定能找到他。起初几次，母亲还真能找到父亲，他在树上，鸟在他的身边，母亲叫嚷着，他就是不肯下来，也不跟母亲说话。

后来，父亲和那些鸟离家越来越远，需要翻过几座山才能偶尔见到他一次。母亲对此已经厌烦透顶，发誓不再去山林里找父亲。开始的时候，我以为父亲会回家的，因此，对母亲一次又一次的诉苦没放在心上。

直到这一次，一个多月没有父亲的消息，我才真急了。

3

我拿出一笔钱，恳请身强体壮、熟悉地形的乡亲们帮我寻找父亲。

我和母亲朝着父亲最有可能藏身的方向跑去。经过多年的封山育林，山里的树木和杂草已经异常茂盛，轻易找不到路，鸟更是像树叶那么多。这些山林我本来是很熟悉的，现在变得出奇的陌生，我站在每一棵树下，仰起头，观察树上的动静，大声地呼喊父亲，但每一次呼喊，只能惊起一群鸟。

在陌生的山林里，我无法理解父亲。躲在绵延上百里的山林里怎样生活呢？吃什么？睡在哪里？病了怎么办？这也是母亲忧虑和疑惑的问题。

但我知道的答案也许比母亲多一些。

父亲曾经是一个枪法极好的猎手，整天带着一条猎狗出没于山林间。如果不是野猪差点儿要了他的命和母亲把彻底离开山林作为嫁给他的条件之一，他是不会把猎枪送给二舅而天天跟着母亲在地里春播秋收的。

四十多年间，父亲唯一一次重新端起猎枪是因为我。受他的影响，小时候我对鸟异常痴迷，常常整天在山林里寻找自己喜欢的鸟群。因此我的学业一度几近荒废，父亲为此十分生气，因为不是我的亲生父亲，他不敢碰我一根汗毛。为了让我洗心革面回到课堂，父亲决定把鸟赶尽杀绝。他这辈子就是那时候枪杀过鸟，看得出来他一点也不喜欢那样，因此他走神了，他光亮无比的左眼就是那时候瞎的。那支枪背叛了他，一颗铁沙子改变了前进的方向，离开枪筒后便直接进了他的左眼。

面对惨烈的现实，我们都妥协了。我回到课堂，父亲把猎枪还给了二舅。从此以后的三十年，父亲再也没进过山林，也没碰过一根鸟的羽毛，却迷上了酒和赌博，以及后来的贵州女人，与母亲像冤家一样过着没完没了的日子。我们在一起的时候，都小心翼翼地避开与鸟有关的字眼。

鸟突然闯进我的生活是三年前的一个下午，我在边城东兴出差，意外地看到一个从越南过来的农民，他提着一只鸟笼，笼子里有一只八哥。那个农民介绍说这是越南品种，中国没有这种八哥。确实是这样，那只八哥比我所见过的体形都要健硕，毛色都要丰润。关键是那只八哥在笼子里并不忧伤，它对着我活蹦乱跳，似乎有很多的话要跟我说。我把它买了回来，听它唱歌——它不是唱歌，而是在说话，说的应该是越南话吧，我听不懂，但我知道它是在向我讲述山林、天空、自由的生活和甜蜜的爱情。我对这只鸟产生了依恋，如果它是一个女人，我会毫不犹豫地和它结婚。但这只鸟对父亲更加重要，重要到让他失踪的地步。当然，我也懊悔，如果我坚决一点，那只八哥还会留在县城里，过着无忧无虑的日子。

但父亲跟鸟一起失踪了。

4

我们像警察搜索罪犯那样，一路上不放过任何蛛丝马迹。从早上一直到下午，甚至到第二天，才陆续传来一些让人欣喜的消息。有人说在梅花岭坳发现了父亲扔掉的香蕉皮，有人说在尖锋顶捡到了父亲衣服上的纽扣，有人说在枇杷沟踩到了父亲的大便，有人说曾看到一个蓬头垢面的人在围龙山的石堆上烤食老鼠……这些证据或许能说明父亲还活着，只是不知道现在他在哪里。

我赶到香梨坡。因为听说那里的一个牛贩子半个多月前曾见过一个像我父亲的人。香梨坡属于另一个镇管辖的偏僻小山村，只有一条像云梯的天路通往山外。父亲告诉牛贩子："我的另一个儿子带着一群鸟朝西飞走了，不见了，丢下我不管了，我要去找它。"

根据牛贩子的描述，我知道那人肯定就是父亲。

我知道父亲是不会再回来了。他不再属于我们的世界，他已经属于山林。

此后一个星期，关于父亲的踪迹和音讯越来越少。大约又过了半个多月吧，有一天，我突然接到一个从北海打来的电话。电话里说，有猎户在山里抓到了一个野人……我连夜驱车赶到北海，但那猎户说，他把野人放了，因为野人会说话，他说自己是来寻找另一个儿子的，他的儿子带着一群鸟朝西飞走了，不见了，丢下他不管了。猎户往背后指了指："他就是往西跑的，像飞一样。"

再往西，就是越南境内了。

猎户说，他操着跟你一样的口音，如果你有这样的一个父亲，那就应该是他。

猎户还问我："你是不是还有一个兄弟？"

是的，我有一个比我大十岁的哥哥，三十年前战死在越南谅山，虽然被追授了三等功，但直到现在尸骨还留在那里。

（摘自《读者》2021 年第 4 期）

白 天

田永刚

　　孩子小的时候，我教他认字。说到词语"白天"，我突然不知道该怎么解释，想了想，按照他的理解力，我不能告诉他白天就是一段时间，就是黎明到傍晚的距离，就是太阳照耀世界的时候。那些代表白天、具有张力和象征意义的词语，对幼小的人儿来说还如此苍白而无味，所以我只能告诉他是"看得见"。

　　白天太平常了。它是我们的呼吸，是吃喝拉撒，是语言和真实，是喧嚣与纷扰，是光亮与绚丽，也是美好与丑陋、认真与滑稽、浅显与荒诞。它在微小的、可见的尘埃上，在我们细密的毛孔上，也在雄厚的大山上，在辽阔的湖海中。它就在我们开合眨闪的眼眸中，它的无处不在让我们习惯于身处其间，以至视而不见、听而不闻。

　　白天从夜晚最浓重的时候开始浸染。它由淡转浓，让黑夜泛白，从一条白线扯成一面幕布，然后笼罩人间。这时候，喧嚣开始登上舞台，从鸟鸣、闹铃、呼喊以及房门的开关声中开始一天的躁动。日复一日、年复一年，白天带着特有的节奏，推着我们步履匆匆，让我们成长、苍老。

带着岁月和时代的痕迹，白天总是热热闹闹、纷纷扰扰，不分雨雾风雪，接踵而来。

古语说，日出而作，日落而息。白天就是适合万物活动的时间。这时候，人的光彩与太阳的光彩重合，所有被光覆盖的地方，都会有"热闹"的存在。人们可以在白天迁徙、劳作，动物可以在白天觅食、奔跑，一切都显而易见，都朴素真实。我们会真实地过日子，会嘲笑那个不切实际的词语——"白日梦"。甚至为了延续这种明亮，我们学会用焰火、灯光来营造黑夜下的"白天"，灯火汇聚的地方，我们会叫它们"不夜城"。

有多少时候，我们将苦难、烦恼和脆弱看作黑暗的夜晚，在煎熬中期待着白天的到来，仿佛有光就有希望，仿佛在敞亮的世界里我们就会凭空多出几重勇气、几分脱离苟且的力量。我们在等待白天到来的时候感受着幸福，比如除夕夜让人心动的压岁钱和新衣服，比如一场疫情后收到通知第二天可以开学、上班、出行等。白天在这个时候，与日常和琐碎结合在一起，与坚强和努力结合在一起，也与希望、幸福结合在一起。

偶尔，在想到白天的时候，我甚至会觉得它就是一个无私的、宽容的使者。早上它灵动、新奇，试探着放出它的触角，叫醒大地和耳朵；中午，它威严雄壮，带着一点点的威压感，驱赶着暗影和幽深；黄昏的时候，它温和而落寞，充满智慧和祥和的光辉，在告别中逐渐褪去风华。而我愿意记下白天，记下这生命中的陪伴。

无论如何，我是"看得见"的。

（摘自《读者》2021 年第 6 期）

旧 夜

赵 珩

夜是静的，静中发出的声响会给人留下格外深刻的记忆，如同听一首老歌，伴随着那熟悉的旋律，当年的景象也会出现在眼前。

记得几年前有一则电视广告，为一款黑芝麻糊做的，是电视广告中的不俗之作。黑芝麻糊在哪座城市叫卖并不重要，这种叫卖声是否准确也不重要，关键是广告体现了夜间叫卖的情景，和城镇夜生活形成一种和谐状态，让人一看就丝丝暖意油然而生。长夜不寐，偶闻叫卖声，无论是在山城石板街头来一碗"炒米糖开水"，还是在石库门弄堂口叫一客"桂花赤豆汤"，所费无几，却有荡气回肠之快。

时光荏苒，数十年生活节奏与生活方式的变化也波及了夜。夜深人静之时，细小的变化往往不易被察觉，而岁月光阴正是在这种细微的变化中流过。何谓夜？大约应从晚上九点钟算起，直至午夜过后，拂晓之前。

冬长夏短，子时（即夜十一时至凌晨一时之间）应是夜的眼。

生于北京，长于北京，我最熟悉的当然是北京的夜。

春夜最怕的是风，最喜的是雨。北京的春风并不是那么和煦，尤其是夜间的风，摇曳着刚刚发芽的枝条，强劲地发出呜呜的声响。我白天看到一树桃花初绽，与朋友相约次日去赏花踏青，忽来一夜大风，我在床上辗转反侧，不知晓来花落多少？几十年前北京的风沙特大，想着醒来又是一层尘土，心中也有些不快。只有暮春的夜，才有春夜的气息，但那时花事将尽，已是绿肥红瘦了。春雨却是好的，"随风潜入夜，润物细无声"，春天的雨大多是无声的。第二天醒来，又是一层新绿。至于"小楼一夜听春雨，深巷明朝卖杏花"，则是江南小城的意境，在北京是体味不到的。

夏夜是短暂的，入伏之后更是闷热，夜虽短却难熬，唯盼能有微风袭来。每遇炎夏不寐，总是仁望星空，或在庭中看树叶是否摇动，无奈事与愿违，竟然没有一丝微风，只能摇扇解暑。前半夜偶然听到叫卖声，是打冰盏儿和卖酸梅汤的。那打冰盏儿是用拇指、食指和中指将两个铜碗打得"当当"作响，不用吆喝就知道是卖冰激凌的来了。这种冰激凌是土制的，放在木桶之中，盛在江米面制成的小碗里，做工当然是粗糙的。小时候因为家里管束，大人们认为这种东西不卫生，从来不许我去街头买来吃。于是就非常羡慕邻里孩子们去买这种冰激凌，看着他们吃得津津有味，艳羡不已。酸梅汤大多也是打冰盏儿卖的，那酸梅汤是用乌梅熬制的，当然远远抵不上信远斋或通三益的，更比不了东安市场丰盛公的酸梅汤。但那酸梅汤是冰凉冰凉的，暑夜难熬，一碗下去，同样会让人气爽神怡。

仲夏之夜最短，往往在闷热至极时忽然雷鸣电闪，暴雨骤来。这时，无论是早已入梦的，还是辗转难眠的，都会从床上跃起，迅速关严门窗，以免雨水溻进屋里。此时听雨，有一种久旱逢甘霖之快。少顷，檐沟滴水，似未停歇，其实已然云收雨霁，一片乌云散后又是月明星稀。复启门窗，凉意丝丝，暑气略消。此时正好入睡，只是已近拂晓。

秋夜渐长，变化也最大。初秋而闻蛙鸣，与盛夏时的似无大的分别。北方听到蛙唱，大多在夏季暴雨过后，比南方"黄梅时节家家雨，青草池塘处处蛙"要晚。某年住在武夷山下的幔亭山房，入夜后蛙鼓不歇，此起彼伏，声浪之高，闻所未闻，至今印象犹深。北京缺少水域，青蛙多在雨季后的水坑和杂草中生存，闻其声而不见其形，更有一种神秘的味道。蛙的喧噪声并不令人讨厌，人在那种特有的韵律与节奏之中依旧可以恬然入梦。

接下来就是秋虫了，主旋律当然是蛐蛐儿的叫声，偶尔也伴有蝈蝈儿的。不知为什么，每当听到秋虫的鸣叫，我总不免有些伤感，大概是络纬啼残，凉秋已到的缘故吧。仲秋是秋夜中最平静，然而也是最短暂的时光。中秋节过后，天气转凉，秋风渐至，与初秋竟是完全不同的气氛，风虽不大，却落木萧萧，残叶飘零。夜静之时，连树叶落下的声音都能听到。拂晓之时，也总能听到清扫落叶的沙沙声。每逢秋雨，霖铃有声，淅淅沥沥，时落时歇，想来晨起又添几分寒意。"夜阑卧听风吹雨"，最能引起人的各种不同的情绪，或怅惘，或悲悯，或慷慨，或感怀，因人而异，因时而异，最是情致抒发的难眠之夜。

最令人怀恋的当是北京漫长的冬夜。

寒夜待旦，可以消遣的生活内容是无尽丰富的。如遇北风怒号，大雪迎门，则更添冬夜之趣。偶尔风雪夜归，屋内外的温度和气氛迥异，让人更觉家的温馨。冬天傍晚的街头尚有卖熏鱼和羊头肉的，入夜仅剩下卖硬面饽饽、水萝卜和半空儿（带壳儿的瘪花生）的凄厉吆喝声，或远或近，如泣如诉，令人无限怅惘。尤其是拥衾取暖之时，闻其声可想见叫卖人为了生计蜷曲于街门巷角，瑟瑟发抖的情景。小时候，我常见祖母打发用人至街门口，多给些钱买下小贩篮子里所有东西，让他赶快回家去，那些水萝卜和半空儿则让用人们分着吃掉。

寒夜客来，以茶当酒，几样零食如花生米、豆腐干等，要是能再有一碟儿蜜饯榅桲、炒红果之类，更是让人大喜过望。雪夜造访者，必是故人知己，于是谈兴大发，海阔天空，说古论今，不觉午夜将近。南方人家多在此时做上一碟炒年糕或一碗酒酿圆子，北方人家则会以一碗鸡丝汤面或清粥小菜充当消夜，这种舒适的感觉也只有在冬夜才体会得到。斯时可对弈手谈，或展玩一两件书画收藏，切磋研讨，何其乐也。

客去，如仍无困意，可在寒枝疏影的窗下孤灯展卷，或临池开笔，此时读书写字，又不同于昼间。难怪古人有"雪夜闭门读禁书""红袖添香夜读书"的嗜好，或曰有些病态，却终为文人所青睐。

中国的文人多钟情于夜，所阅诗词，书于夜或吟咏夜色者几近半数，可见夜的魅力。夜是涌动情思的时节，夜是生发幻觉的光阴，文人和艺术家在夜间可以产生无数灵感，却往往要在昼间去梳理和归纳。夜里产生的东西不免虚幻，俗话说"夜有千条路，醒来卖豆腐"，晓来还是该干什么干什么。尤其是做大事业的人，夜里的思绪和幻觉如白天拿来实施，难免会发生荒唐的谬误。

夜是生命的三分之一，夜是美的。

（摘自《读者》2021 年第 19 期）

广场晨昏

刀尔登

"书法"一词，本义是写字的规矩、技艺，好比占卜法、诗法、障眼法、孙子兵法。

今天要说的这位老者，是个"老民办"，一生与世无争。老伴儿随儿女住在城市，他留在县城，守着几间旧房，一个小院，还有两棵核桃树。他本来专写小字，到了六十岁，眼神不济，难免有些意勤笔拙之叹。这天早上，他踱到本县的一个广场，看见认识的一个人，手里拿着个大家伙，正在地上涂涂画画。他还以为那人是在抹杀虫子的药，走近一看，却是在地面上写字。旁边有几人在看，不断地叫好。

这位本县地书的先行者，是徐老者的小学同学，最爱写大字，本地官家、商家的匾额，有一半是他写的。至于徐老者，专写小字，就没人相请。他见到老徐，一把拖过来，鼓动他加入。老徐是个羞涩的人，在众目睽睽之下写字，觉得难为情，就连声说自己的字写得不好，推辞一番。到了晚间，他在灯下写了几行字，掷笔叹气，心想，我的字未必高明，总比他写得好。他写得，为什么我写不得？心思动了一下，毕竟胆小，又收了回去。

光阴荏苒，冬去春来。几个月后，在那个广场上写地书的，已有三四位之多。老徐的儿子知道此事后，就鼓励他，给他买了那种特制的大笔，也不贵，五十元两支。终于有一天，老徐三四点就醒来，盯了一个小时天花板，然后起来躺下，躺下起来，又折腾了一个小时，最后一咬牙，寻出大笔，找个塑料桶盛了清水，悄悄地出门了。此时天光初明，街上只有几个环卫工人，他老人家拎着水桶，扛着拖把似的家伙，看着也没什么不同。来到广场，他将大笔的海绵头蘸饱了水，向地上一指，就觉得胳臂的筋短了半截，写不下去。老徐定一定神，再次努力，把大笔搭在地上，拼命一拖，抬笔一看，那不就是一横嘛！老徐抹一把汗，又写了一横，然后又是两横。这个字是"四"字的籀体，老徐并非有意写来，但写完后觉得胸中一阵痛快。

老徐初次在硬地上写大字。若论写得好，自是不及他在纸上写惯的小字。但数字之后，他越写越畅快，有些手舞足蹈，又恨不得大喊几声，让全县的人都听到。他一连写了半桶水，听见后面有人呵呵笑，回头一看，正是老同学。老徐竟未觉得不好意思，这让他自己也感到意外，和老同学聊了几句，连说话的声音，也比平时高了几分贝。

这以后，只要不下雨，老徐每天都来广场写字。他用水泥在院里铺出一小块平地，总在头一天先练几遍第二天早上要写的字。起初，他不愿到广场写字，最怕有人看，后来只怕没人看。附近有不相干的人，或在散步，或在哄孩子玩，他也觉得人家的目光无不射在他身上。在以前，这必令他尴尬，如今只让他觉得后背温暖。他一辈子活在角落，缩手缩脚，这会儿居然有了些豪放之意，用如椽之笔写一首唐诗，后退两步，让旁观的人看清楚。人或称赞几句，老徐不为所动，目不斜视，但余光有睥睨之意。他的字越写越好，最得意的是笔画中的点。以前写小字，总是扭扭捏捏，用晋人的话说，不是像瓜瓣，就是像鼠屎。如今，在大大的石板地上，他重重一戳，果如当衢的大石，真乃大手笔也。

所以，他特别喜欢写"点"多的字句，"念天地之悠悠，独怆然而涕下"之类。一写就是两三年。然而，造化弄人，写着写着，左边一阵热闹，抬眼看去，本县的广场舞，跳到身边来了。这些跳舞的，人多势众，不光跳，还放很响的乐曲，吵得老徐头昏脑胀，往往一笔下去，那边"咚"的一声，他的手便是一颤。

这天晚饭后，老徐散步，遇见一个以前的女同事，穿着绸子衣服，似要去唱戏。她和老徐同向，边走边聊天，说是去跳舞。老徐一听脸就黑了。这位女同事知道是怎么回事，咯咯笑过之后，硬把他拖到另一个广场——县城里最大的。女同事说，我也不劝你跳，你先看看嘛。老徐就看了一会儿，一边看，一边冷笑，觉得不像话，不成体统；一边冷笑，一边看，眼见广场上花枝招展，连那位在他的印象中一向言行规矩的女同事，此时也伸胳臂抬腿，跳得无拘无束，让他觉得陌生起来。这天晚上，老徐比平时晚睡了半小时，倒不是胡思乱想，而是反省平生，自叹性格决定命运，有些事做不来就是做不来。

打这天起，老徐早上照例去小广场写大字，晚上便去大广场看跳舞，如此过了一年有余。大广场有三个跳舞的方队，老徐轮流看，看得多了，也记得些舞步。这一天，老徐忽然就走下台阶，站到队伍的一角，跟着跳了起来。他的家人事后听说，都觉得奇怪，想知道原委，然而没什么原委，没什么特殊的原因。老徐只觉得像被人推了一把，就去跳舞了。

老徐看得轻松愉快，自己一试，才知此事之难。他老人家是连自行车都骑不好的人，两臂两腿，简直就是四根棍子。他初一上场，就听见周围的笑声，但此时的老徐越被人笑，越是可心，仿佛那是挑战，而他是应战的英雄。

按说写字和跳舞有相通之处。汉人说："为书之体，须入其形，若坐若行，若飞若动。"跳舞不也是这样吗？老徐学跳舞，便以在写字中得到的体会去融通，可惜心里想得明白，手脚却另有主见。不管他怎么苦练，一抬胳臂，不像长松之临深谷，倒像老熊之探松果；一转身，不像泽蛟之相绞，倒像僵木之已倾；至于蜂腰鹤膝之类，在此为病的，在彼也为病，就更没办法了。他的队伍里没几个男性，大家本来是欢迎他的，可看了他的舞步，只好叹气。好在所谓队伍，本就是想来就来想去就去，他愿意跳，谁也管不着他。

老徐也知道自己在队伍里太过显眼，但他不知从哪儿来的一股犟劲儿，竟是锲而不舍。有时走在街上，偶尔有人向他微笑，他也不以为耻。住在省城里的老妻，总怀疑此事与异性有关，老徐嘴里不承认，有时自己想一想，又觉得有点儿关系。如跳舞前后，大家聊天，都是女人，只有他像贾宝玉似的，经常被开些玩笑，让他有生平未有之感。然而，这些都若即若离。老徐更重视的，是自从跳广场舞后，他的幻想变得栩栩如生了，仿佛一伸手就能够到似的，这是不曾有的。

他偶尔还去小广场写字，每个月也就几回。先前的同伴自然嘲笑他，他听了只是不好意思地笑笑，也不回嘴。不过，他的字似也有了长进，特别是小字。有一天，他跳舞回来，余兴未尽，看纸铺在那里，就挽起袖子写了几行。第二天早上看见，倒把自己吓了一跳。他一向是谨守法度的人，这回写的却是枝枝丫丫。他觉得不坏，但对自己说："跳舞可以瞎跳，写字却不能瞎写。"言毕，把纸揉了扔了。唉，老徐毕竟是老徐。

（摘自《读者》2021 年第 15 期）

父亲的轮廓

袁哲生

父亲一直是我最好的朋友。每当母亲用"牙膏没有从最尾端开始挤""冰箱门没关紧""看电视超过半个小时"等小事向我兴师问罪，并且将矛头转向我的成绩时，我便知道，夜里父亲又会来到我的房间。

父亲个性之中有一种腼腆的特质，他总是等我和母亲都睡着以后，才蹑手蹑脚地扭开门，走进我的房间，在小书桌的台灯底下压一张纸条。有时，纸条里面还会包一张 50 元面值的钞票。偶尔，在情况较糟的时候，父亲会在纸条上留下一行歪斜的字迹——"忍一时风平浪静"，与我共勉。这句话成了我们之间的默契，那表示父亲知道我和他一样敏感而容易受伤的心灵，又遭受了一次无情的打击。父亲识字不多，我记得他总是把"风平浪静"写成"风平浪近"，但这并不影响我们之间的特殊情谊。在父亲要来的那些晚上，临睡前，我总要检查一下房门，千万不能反锁了——我从来没有失误过。

曾经有几回，父亲来的时候我并未睡着，我听到父亲用力握住门把手，再缓缓转开的声音，便立刻翻过身去面向墙壁眯着眼睛。尽管父亲极力不发出声响，我还是听到一双塑胶拖鞋在黑暗中静静地走向书桌的声响，然后是纸张摩擦桌面的窸窣声，以及父亲沉重的呼吸声。有时，父亲会拉开椅子，把台灯扭开一点亮光，然后坐在我的书桌前沉默不动。离去前，父亲会替我把桌上的书本摆放整齐，然后才关掉台灯。在那一刻，我的眼前又恢复一片黑暗。我从来不知道父亲坐在我的椅子上时，心里在想些什么；我也从来不敢抬起头，用一声呼唤，或者一种清醒的目光来打破沉默。也许我没有勇气，怕自己会在父亲面前哭起来；更让我恐惧的是，若是走下床来，不幸看见父亲的眼角也含着泪光，默默地坐在我的书桌前，我该如何面对那种时刻？

初中三年级时，我生命中的第一个难关到来。当时，在我不觉生命有何可喜的脑筋里，的确升起过消极的念头。我不知道父亲是否经历过联考的压力，不过，在那压力巨大的一年，的确只有父亲察觉到我抑郁的情绪。

接近联考前一个月的某个夜晚，我正在学校提供的晚自习教室里做考前冲刺，日光灯把教室照得明亮而冷清，同学们都埋首书本，互不交谈。我选了一个靠窗的座位，设法让自己专心在学习上。突然，我听到一阵用手指关节轻轻敲打玻璃的声音，抬起头来，父亲的脸出现在窗格里。父亲必定是不愿吵到其他正在看书的同学，我体会到他的心意，便悄悄地从座位上站起来，绕到教室的后面，走出去和他会合。

我永远记得那个场景：和父亲并肩坐在空荡、黑暗的体育馆里，我内心渴望着让时光永远停止或是快速跨过。父亲先是取出温热的蒸饺和我一起吃，他细心地把白色保温盒的盖子揭开，然后为我撕开卫生竹筷的封套。我知道那是父亲在夜市入口的小摊上买的。父亲取出口袋里的卫生纸放在我面前备用，他像面对一位长辈似的对待我，令我终生感激。我知道父亲拙于言辞，在面对生命中难以省略的伤痛时，更无力打破沉默。那是个清冷的夏夜，父亲和我相视无言。临走前，他对我说了一句话："好好活下去，不要在意别人的话，人生有时候要走自己的路。"

那句话同时把我和父亲变成了不同以往的人。父亲成了我心目中的英雄。我永远忘不了，那天晚上他为了避过校门口警卫的询问，索性爬墙离开的一幕。在淡蓝色的月光映照下，他奋力攀上围墙，骑在墙头向我挥手，并且很诚恳地将手掌划向眉梢，向我行了一个军礼，然后纵身跳到校外的小路上。我站在墙内，听到父亲落地的一声轻响，顿时热泪盈眶。我紧握双拳，叮嘱自己永远不可再沉湎于悲郁。

（摘自《读者》2021 年第 12 期）

苔香满衣

张春亚

"坐看苍苔色，欲上人衣来。"王维的这两句诗，读来颇有禅意，一股幽幽的古意，绿油油的，没来由地泼进你的心田。

苔，是时间之物，是岁月留存的吻痕。它入乎道，近乎禅。它，点化万物，化腐朽为神奇。破敝的木门，伴以青苔，就有了机趣；呆头呆脑的顽石，覆以青苔，就具有了灵性；庭院深深，青苔染阶，便有了古意，有了荒寂之色。它卑微渺小，却有浩然之气，撼人心魄。

公元828年，被贬二十三年的刘禹锡，从"巴山楚水凄凉地"回到长安，重游玄都观，"荡然无复一树，惟兔葵、燕麦动摇于春风耳"，百亩庭院大半被厚厚的青苔覆盖。这触目惊心的苔，这沁人心魄的苍绿，让诗人平添了诸多感慨。于是，他写下"种桃道士归何处，前度刘郎今又来"的诗句。

眼里只有恋恋红尘的人，怎能看得见低眉的苔？没有阅历，没有经受过苦难的灵魂，怎能感受得到青苔之美？繁华落尽，春色凋敝，唯有苔，静静地等你。不管你衣锦还乡，还是落魄潦倒，苔就在那里，不离不弃。

它为大地穿上青衣，它匍匐着亲吻土地，谦卑而又虔诚。它悄无声息地攻城略地，召唤浮躁不安的尘埃归于泥土，给辽远空旷的大地带来绵延不绝的生机。

据说屋瓦上的苔叫屋游，又叫无根草，多贴切的名字啊！它们可不就像一群流浪的人，四海为家，没有自己的根，有的只是顽强的生命力。对生活环境不挑剔，对物资的索求极少。几星泥土，几滴春雨，便能发芽滋长，绿遍天涯孤旅。

苔，最能耐得住寂寞。在荒凉的山谷，它慢慢地生长、攀爬，几千年，甚至几万年，老了秋月春风，老了天涯相思。它静静地守候着内心的一方热爱，坚韧地与时间抗衡。细水流年与君同，繁华落尽与君老。温柔了青葱岁月，惊艳了寂寥的时光。

它与时光温柔相依，记录着或深刻或深情的眷恋和相思。"恋君君不见，枕上满苔茵"，那老透的相思，"一树琼花空有待，晓风看落满青苔"。唯有那湿润润的绿，唯有苔呀，是前世今生的约定，是手心里的痣，是生命里的刺青。

几枚溜圆的鹅卵石，几片茸茸的青苔，置于陶盆，偏安于书桌一角，古朴、典雅，便有一股自然之趣油然而生。若能铺一沓宣纸，饱蘸香墨，即兴题数行诗句，就再好不过了。笔下的字如绽开的花朵，活泼泼、水灵灵，摇曳生姿。末了，再印上艳艳的图章。青苔墨绿，宣纸嫩黄，诗句黛青，图章嫣红。润了眼，柔了心，不知是诗心惹了青苔，还是青苔触动了诗心，说不清了，心底只有满满的欢喜。

与一片青苔结缘，本身就是一种暗示和禅意。经过时光历练、岁月淘洗的苔，以它独有的风姿，闪耀着思无邪的清澈。

夜色温柔，星临万户，周遭静谧。唯有苔在时间和空间里流浪。它卧看牵牛织女，沐浴素月星辉。它静观岁月，俯瞰人间烟火。

（摘自《读者》2021 年第 11 期）

从容与有情

林清玄

　　到台北近郊登山，在陡峭的石阶中途，看见一个不锈钢桶放在石头上，外面用红漆写了两个字"奉水"，桶耳上挂了两串塑料茶杯，一红一绿。在炎热的天气里喝杯清凉的水，在这清凉里感受到的是人的温情。这桶水是由某个居住在附近的陌生人提供的，他是每天清晨太阳未升起时就提这么重的一桶水来，那细致的用心颇令人感动。

　　在烟尘滚滚的尘世，人人都把时间看得非常重要，因为时间就是金钱，即使是要好的朋友，如果没有特别重要的事情，也很难约齐。但是当我在喝"奉水"的时候，想到有人在这上面花了时间与心思，就觉得在忙碌运转的世界，仍然有从容活着的人。这使我想起童年时在乡村，在行人路过的路口，或者偏僻的荒村，都时常能看到一只大茶壶，上面写着"奉茶"，有时还特别钉一个木架子把茶壶供奉起来。我每次路过

"奉茶"，总会灌一大杯凉茶，到现在我都记得，喝茶的竹筒子里面似乎还有竹林的清香。

我稍稍懂事的时候，看到"奉茶"，总会情不自禁地想起乡下土地公庙的样子，感觉应该把放置"奉茶"者的心供奉起来，让人瞻仰，他们就是自己土地上的土地公，对土地与人民有一种无言的无私之爱。

很久没有看见"奉茶"了，因此在台北郊区看到"奉水"时竟徘徊良久。说到底，不管是茶是水、在乡在城，其中都有人情的温热。

到了山顶，没想到平台上也有一个相同的钢桶，这时写的不是"奉水"，而是"奉茶"。两个塑料茶杯，一黄一蓝，我倒了一杯来喝，发现茶是滚热的。于是我站在山顶俯视烟尘飞扬的大地，感觉准备这两桶茶水的人简直是一位禅师。在完全相同的桶里，一冷一热，一茶一水，连杯子都配得恰恰好，这里面到底隐藏着怎么样的一颗心呢？

我一直认为不管时代如何改变，在时代里总会有一些卓然的人，就好像山林无论如何变化，在山林中总会有一些清越的鸟声一样。同样的，人人都会在时间里变化，最常见的变化是心灵从充满诗情画意的逍遥，变得平凡庸俗而无可奈何，从对人情时序的敏感，变为对一切事物无感。

我们在股票交易所里看见许多瞪着屏幕的眼睛，那曾经是看云、看山、看水的眼睛；我们看签六合彩的双手，那曾经是写过情书与诗歌的手；我们看为钱财烦恼奔波的双脚，那曾经是在海边与原野散过步的脚。我们的眼、耳、鼻、舌、身、意看起来仍然与二十年前无异，可是在本质上，有时中夜照镜，已经完全看不出它们的联结，那理想主义的、追求完美的、每一个毛孔都充满光彩的我，如今究竟何在呢？

在人生道路上，大部分有为的青年都想为社会、为世界、为人类"奉茶"，只可惜到后来大半的人都回到自己家里，去喝老人茶了。

还有一些人，连喝老人茶自遣都没有兴致了，到中年还能有"奉茶"的心，是非常难得的。

有人问我，这个社会最缺的是什么东西？

我认为最缺的有两种，一是"从容"，一是"有情"。这两种品质是大国国民应有的品质，但是由于我们缺少"从容"，因此很难见到步履雍容、识见高远的人；因为缺少"有情"，所以很难看见乾坤朗朗、情趣盎然的人。

社会学家把社会分为青年社会、中年社会、老年社会，青年社会有的是"热情"，老年社会有的是"从容"。我们正好是中年社会，有的是"务实"。务实不是不好，但若没有从容的生活态度与有情的怀抱，务实到最后正好是柴米油盐酱醋茶，牺牲了琴棋书画诗酒花。一个彻底务实的人正是死了一半的俗人，一个只知道名利实务的社会，则是僵化的庸俗社会。

《大珠禅师语录》里，记载了禅师与一位讲《华严经》的座主的对话。

座主问大珠慧海禅师："禅师信无情是佛否？"

大珠回答说："不信。若无情是佛者，活人应不如死人；死驴死狗，亦应胜于活人。经云：佛身者，即法身也，从戒定慧生，从三明六通生，从一切善法生。若说无情是佛者，大德如今便死，应作佛去。"

这说明禅的心是有情的，不是无知无感，用到我们实际的人生中也是如此。一个有情的人虽不能如无情者用那么多的时间来经营实利（因为经营情感是要付出时间的），可是一个人如果随着冷漠的环境而使自己的心也凝滞，则绝对不是人生之福。

人生的幸福在很多时候是得自看起来无甚意义的事，例如某些对情爱与挚友的缅怀，例如有人突然给了我们一杯清茶，例如在小路上突然听见冰果店里传来一段喜欢的乐曲，例如在书上读到一首动人的诗歌，例如偶然听见老人说了一段充满启示的话语，例如偶然看见一朵酢浆花的开放……总的说来，人生的幸福来自自我心扉的突然洞开，有如在阴云中突然阳光显露、彩虹当空，这些看来平淡无奇的东西，是在一株草中看见了琼楼玉宇，是由于心中有一座有情的宝殿。

心扉的突然洞开，正是来自"从容"，来自"有情"。

（摘自《读者》2021 年第 8 期）

锦绣年代

付秀莹

一

在我的童年时代，表哥是我唯一接触较多的异性。我的意思是，年轻
的异性。

我们家姐妹三个。旧院呢，又俨然是一个"女儿国"。表哥的到来，
给这闺阃气息浓郁的旧院，平添了一种纷乱和惊扰。我记得，那个时候
的表哥，有十来岁吧。他生得清秀白皙，瘦高的个子，像一棵英气勃勃
的小树。

那时候，表哥是旧院的常客。他干净、斯文，有那么一种温雅的书卷
气。当然，现在想来，表哥念的书终究不算多。初中毕业以后，他便去

了部队，一去多年。但怎么说呢，表哥身上的那种书卷气，把他同村子里的其他男孩子区别开来。这使得他在芳村既醒目，又孤单。

还有，表哥会唱《沙家浜》。人们干活累了，就会逗他唱。他站在人群中间，清清嗓子，他一唱起来，人们就安静下来。表哥唱得未见得有多好，然而，他旁若无人。人们是被他的神情给镇住了。在乡间，有谁见过这么从容的孩子？直到后来，我姥姥每说起此事，总会感叹说，这孩子，从小就有一副官相呢。

表哥是大姨的儿子。那几年，他常到我家来。我母亲总是变着花样给他做吃食。我母亲喜欢他，曾一度想把他要过来，做自己的儿子。在我的记忆里，母亲在厨房里喜气洋洋地忙碌时，十有八九，就是表哥来了。

对于表哥，我的记忆模糊而凌乱。表哥当兵走的时候，我才上小学。此一去，山高水长，再见面，已经是多年以后的事情了。

有一天放学回家，一进门，看到屋里坐着一个青年。看见我，他连忙站起来，笑道："小春子——"我的心怦怦跳着，不知该如何是好，只听母亲从旁呵斥道："还不快叫哥哥！"——是表哥！我看着表哥，他站在那里，微笑着，更挺拔、更清秀了，只是，脸上的轮廓已经分明，下巴上青青的一片，他早已经开始刮胡子了。我站着，半晌说不出话。母亲朝我的额头上点了一下，轻轻笑了："这孩子——"表哥也笑了，说："小春子，长这么高了。"我忽然一扭身，掀开帘子跑了出去。正是春天，阳光照下来，懒洋洋的，柔软、明亮。也有风。我看着满树的嫩叶在风中微微荡漾，心里有一种莫名的怅惘。

二

表哥到底是见过世面的。吃饭的时候，他已经非常从容了。比起当年唱《沙家浜》的时候，更多了一种成熟和持重。

他同我母亲说起部队上的事，说起他这次转业、小城里的新单位，以及他的未来。我母亲认真听着，微笑着，显然，有一些地方她听不懂，然而，她还是努力地听着，眼里尽是骄傲。

表哥在说起未来的时候，眼神里有一种光芒，是自信，也是憧憬。他刚从部队回到地方，一切都是新鲜的。不同的环境，不同的规矩，不同的人和事，在家乡这座小城，他是决意要施展一番了。

那时候，他还没有结婚。那些日子，家里的门槛几乎要被媒人踏破了。大姨很着急。表哥呢，却是漫不经心，仿佛这事与他无关。后来我才知道，表哥曾经暗恋一个人。你一定猜不到，那个人，是我们隔壁的玉嫂。

对于表哥的这场爱情，我始终不明所以。玉嫂是一个俊俏的小媳妇。那时候，我们和玉嫂家一墙之隔，表哥常常被玉嫂唤去，帮她把洗好的湿衣裳抻展，帮她到井上抬水，帮她把鸡轰到栅栏里去。

多年以后，表哥从部队回到小城，青云直上的时候，玉嫂还会跟母亲感叹，这孩子就是不一样呢，规矩。

我不知道，那么多年，表哥是不是一直想着玉嫂。总之，表哥对家里的热心张罗，一直置身事外。大姨无奈，托我母亲劝他。我母亲的话，表哥倒是听进去了。不久，他开始了漫长的相亲。那阵子，我们的话题总是围绕着表哥的婚事。表哥很挑剔，简直是鸡蛋里挑骨头，为此，委实得罪了不少人。

148·

其时，表哥已经在小城里干得风生水起。事业上的得意，更加衬托出他情场上的落寞。人们都感叹，世间的事，到底是难求圆满。可忽然有那么一天，表哥带来了一个姑娘。那个姑娘，后来成了我的表嫂。

那一天是个周末。我正趴在桌子上写作业，院子里一阵摩托车的响动，表哥带着姑娘来了。吃饭的时候，表哥一直在跟我父母说话。他甚至没有同那个姑娘坐在一起。

他坐在我母亲身旁，倒是我，同那个姑娘紧挨着。我闻到一股淡淡的香气，是那姑娘身上特有的芬芳。我母亲不停地给她夹菜，那个姑娘红着脸，谦让着。表哥端着酒盅，对饭桌上的推让不置一词，只顾同我父亲聊天。我忽然感到喉头哽住了。

生平第一次，我感到了某种心碎。我是说，那一回，表哥还有那个姑娘，他们的出现对于我，一个十几岁的小女孩，是一种打击。后来，我常常想起当年，那个秋日的中午，阳光澄澈，我立在院子里，为失去表哥而伤心。

三

然而，两年以后，在表哥的婚礼上，我已经很坦然了。

那时候，我已经上了中学。在学校里，在书本中，我见识了很多。我长大了，有了女孩子该有的秘密，会莫名其妙地发呆、叹气，喜欢幻想，也喜欢冒险，却把这些小小的野心藏在心里，让谁都看不出来。那一天，表哥的婚礼上，到处是喧闹的人群。表哥和表嫂——我得称她表嫂了，他们站在人群里，笑着。新娘子笑得尤其灿烂；新郎呢，则要矜持得多。他穿着雪白的衬衣，打着红领结，那样子，真是帅气极了。

表哥常到芳村来。去旧院看看姥姥，然后来我家看我母亲。有时候，尤其是过年的时候，表哥也会带上表嫂。那一回，是过年吧，正月里，表哥和表嫂到我家来。我母亲正和玉嫂在院子里说话，看见表哥他们来了，很高兴，招呼他们进屋。表哥却立住了。

冬天的阳光照下来，苍白、虚弱，像一个勉强的微笑。母亲牵着表嫂的手，很亲热地说着话。那时候，表嫂已经怀孕，玉嫂也已经生过两个孩子。她同表嫂热烈地讨论起一些细节，说着说着，就笑起来，是妇人才有的那种爽朗的笑。表哥立在那里，一时怔住。

彼时，他已经是一个成熟的男人了，稳重、镇定、握有一些权柄，在小城里也算是有头有脸。娶妻，生子，中规中矩地生活。或许偶尔也有幻想，然而，很快就过去了。街上传来一声鞭炮的爆裂声，很清脆。表哥这才回过神来，刚要说些什么，却听母亲说："快进屋，外头多冷！"那一天，我记得表哥一直很沉默。

在姥姥家，在旧院，表哥一直是大家的骄傲，他甚至是一种象征，象征着城市和权力。多年后，表哥已经在城里牢牢扎下了根。他的女儿已经上了小学，聪明伶俐，是旧院里的小公主，有关她的种种趣事在亲戚中广为流传。其时，表哥已经有些发福，很气派的啤酒肚，隆起在皮夹克下。他开始微微谢顶，一如既往的沉静，更多了一种志得意满的笃定和从容。他是旧院的座上客。我父亲、我舅舅，甚至我姥爷，都从旁陪着，有些诚惶诚恐的意味了。

这种时候，表哥往往把我叫过来，让我坐在他旁边，问我一些学校里的事情。芳村这地方有一些不成文的规矩，比如，女人是不能上酒席的，女孩子尤其不能。我却不同。那时候，我已经在城里上大学，回到芳村，自然享有不一样的待遇。而且，大家都知道，从小，表哥最是宠我。我坐在表哥身旁，却忽然变得沉默了。我知道，我是感到了性别的芥蒂。当然，还有一种莫名的陌生感。

四

大学毕业后，我在城里工作，回芳村的次数越来越少，同表哥也有几年未见了。偶尔，从母亲嘴里听到一些表哥的事。表哥的仕途一直通达，同许多事业辉煌的男人一样，在那座闭塞的小城里，他也时不时有绯闻流出。表嫂为此同他闹，流泪、争吵，甚至威胁，但都无济于事。

关于表哥和表嫂，他们之间的一切，我不甚明了。只有一回，表嫂忽然打电话来，同我说些家常。说着说着，就说到了表哥，她忽然就饮泣了。我一时不知如何是好。那一回，我们说了很多话，大都已经忘记了，只有一句，我依然记得："你哥他——是变了——"表嫂说这话的时候，我能感受到她语气里的悲凉和无助。

我怔住了。多年前的那个斯文少年，从岁月的幽深之处慢慢走来，面目模糊。那是表哥吗？

那一年，母亲故去。表哥连夜从城里赶回来。他不顾人们的劝阻，一头跪倒在母亲的灵前，恸哭不止，仿佛一个受尽委屈的孩子。我的泪水汹涌而下。往事历历在目。

芳村有一句俗话：两姨亲，不是亲；死了姨，断了根。母亲故去以后，表哥难得来芳村一回。当然，他也来旧院看姥姥，只是每一回都来去匆匆。

母亲故去的那一年中秋，表哥来看父亲。一进院子，表哥就哽咽了。他是想起了母亲吧。物是人非。表哥和父亲，两个男人坐在屋子里，艰难地寻找着话题。更多的，是长久的沉默。

从省城到京城，我一路辗转，离芳村、离旧院，是越来越远了。其间经历了很多世事，有磨难也有艰辛，一颗心，渐渐变得粗粝和坚硬。不见表哥有五六年了，偶尔也听到他的一些事情，说他因为什么问题落魄了。我不知道表哥和表嫂如今怎样了，他们过得好吗？他们，还算——恩爱吧？我一直想打电话过去，可不知为什么，每次拿起电话终又放下。我不知从何说起。后来，也就不了了之了。

有时候，我会想起表哥，想起他十一二岁时的样子。他穿着蓝花的短裤、黑塑料凉鞋，提着一罐头瓶小鱼，在矮墙上走着。忽然间，他纵身一跃，把我吓了一跳。他笑了。

我悲哀地感到，有些东西，已经悄悄流逝了。滔滔的光阴，带走了那么多、那么多，令人不敢深究。真的，不敢深究。

（摘自《读者》2021 年第 2 期）

此地已是我家乡

陈丹燕

我父母带着八个大箱子和他们的三个孩子，来到上海火车站，听说是在三月的一个傍晚。

那时我三岁多，不记得具体的日期。但我记得，火车站候车室屋顶上的霓虹灯是红色的。

我指着它们对母亲说："上海。"

母亲对父亲说："这孩子认得字了。"

我父亲赞许地冲我笑了笑。

那天，父母带着我们和我们家的箱子来到五原路的院落里，那里有我们的家。我的小床是绿色的，床架子上有四只铜铃。

我们家三个孩子都认为自己是北方孩子，在灿烂的蓝天下生活，穿蓝色棉猴御寒，我们与这个终年多云的港口城市全无干系。可是日子也就这样在犹疑的认同中过去了。慢慢地，我们各自在上海成了家，从家里搬出去，而我们的父母始终住在原处，只是房子渐渐老去。原来漆了绿漆的木窗木门，如今大多数人家都换成了塑钢的。

别人偶尔问起我的家乡在哪里，我总是说，我生活在大都市里，我家门口从未有小河流过，也没有一棵歪脖子老槐树，因此，我是有家无乡。

在春天，玉兰花映着满树的花影，茶花落了满地红英，粉色的吉野樱安静精致，却在微风里千朵万朵飘落下来，奔赴凋零。一路看着街上的花，想到的是将我一手带大，又照顾我孩子长大的姑妈中风了，去世了。如今，我无论到了哪里，也找不到那个穿天蓝色大襟衣服的九十六岁的白发苍苍的矮小老太太。

她中风的那天，我去医院时，看到的是满树桃花和玉兰。她出院那天，八重樱沉甸甸地荡漾在枝丫上。她再入院的那天，玉兰树的花都落尽了，满树新绿。她病危的那天深夜，街上飘荡着淡蓝色的夜雾，还有含笑花清爽的香味。在我更小的时候，上海满城萧索，年年春天都没有花。但是生活并未亏欠我，我得到的最大补偿就是，我从小都跟姑妈睡在一张大床上，直到长大出嫁。

一年以后，春天到来以前，父亲以九十二岁的高龄去世。我从不怀疑自己是父亲最疼爱的孩子，在父亲的葬礼上，我心里只有一个词：唇亡齿寒。

我开始频繁地回家探望母亲。上海的冬天总是下雨，天气阴冷，这个冬天，我身体里也一直是黯淡的、浮肿的。直到有一天，春天突然到来，好像一只肮脏的玻璃瓶突然被摔碎了一样，到处都是闪闪发光的碎玻璃。

我在回家的路上。

在我家门口，有一棵高大的雪松遮住了蓝天。它站在墙角的花坛里，那个早已失修又萧条的花坛，冬青树丛里世世代代都住着野猫。

春天那湿润的，一团和气的微风经过松树的枝丫扑在我脸上。它让我突然想到自己的少年时代，在春天的傍晚，沿着华亭路走到东湖路，去我最要好的朋友家聊天，或者一起拉手风琴。中学时代，我学手风琴，她也学手风琴。我还记得那种宁静的、凉爽的、沉甸甸的春风如何掀起耳朵两边的细碎头发，它们从不会长长，只软软地倒伏在面颊旁。如今，我和少年时代的手风琴伙伴，已经做了半生的知己，我们的孩子也都成人了。

路过雪松墨绿色枝丫的那几分钟里，我路过了自己的整个青少年时代。

在这座我小时候常感陌生的城市，现在处处能找到丢失了的过去。往事是那么具体却又虚幻，它们在时间的深处，不可触摸却又毫不褪色，缱绻缠绕。我从未想过此地就是自己的家乡，即使没有小河与老槐树，那都市中的几条街道，几棵老树，几个春夜，也是家乡。

第一次从德国回来，我特地带了满满一箱子东西，里面有调料、巧克力，甚至一个蛋糕。箱子太重，出租车司机拒绝帮我搬箱子。

我站在楼下，一遍遍高喊我丈夫的名字。然后，我听到孩子兴奋地大叫："我妈妈回来啦！"

我孩子才三岁，正是当年我到达上海的那个年纪。她得站在马桶盖上，才能攀上面向院子的狭长窗台。在上海多云的天空下，她从北窗露出小半个脑袋和一根歪歪斜斜的小辫子。"妈妈啊！妈妈啊！"她一声接一声地叫着我，赞叹我们重逢了。

如今，她已经是一个终日忙碌的设计师，生活在万里之遥的地方。而我也自那年起，开始了在欧洲各地断断续续的旅行。如今已经二十八年了。那真是漫长的、看不见尽头的旅行。只是每次的回程机票目的地都是上海，每次都回家。

父母家的八只箱子早已被我收入自己家的客厅。那些箱子有它们各自的名字，蓝箱子、牛皮箱子、大黑箱子、铁皮箱子……父母当年就是这样一一称呼它们的。当年迁徙时，父亲将白纸贴在箱子拎把旁边，给那些箱子编了号，还是用毛笔写的，陈七、陈十。那几张白纸都还贴得好好的，只是泛了黄。最小一只皮箱是我祖父的，现在，那里面收着祖父的一只铁皮烟丝盒子，以及姑妈钩帽子的铁钩针。

箱子上放着我家最后一张合家欢，爸爸坐在轮椅上，大哥满头白发，小哥哥看上去很帅，但实际上他肺上的癌细胞已经发动，可我们都不知道，只是忙着与爸爸惜别。那张照片是2011年春天拍的，我们家四代同堂，丁香花园的草坪青翠一团。这是我们家从命运手中偷来的最后一个完满的春天。而对我家最小的孩子李翼张来说，却是与他爸爸家的长辈们第一次见面。这个孩子2010年像我一样出生在北京，像我爸爸小时候一样姓李，像我姑妈一样属虎，像我们家所有的人一样，籍贯广西平乐。

清明时节，我们带着鲜花去祭扫。在郊区，我们兄妹买下一块墓地，地里有棵罗汉松，它遮盖着土地。还有一块大石，刻着我家的来历。父亲与姑妈在这里归入大地，然后是我二哥。他们的骨灰滋养着这棵松树。我家的人都知道，以后我们也会来到这棵松树下，与他们团圆。有一块家庭墓地的感觉是奇异而安稳的。

他们现在都在土里，围绕着那棵松树。石碑上嵌着他们的照片，比起我们家最后一张合家欢，他们在石碑上的照片里笑得很疑惑，那是一种迷了路的样子。他们的名字下方刻着他们这一生简短的历史。他们出生在不同的城市，却都卒于上海。他们是此地的永久居民，因此，此地已经是我的家乡。

　　放下橙子、苹果，撒上新鲜的花瓣，点燃线香："你们在这里过得还好吗？"

　　心里却想，也许他们在地下也很想念我们吧，所以那棵罗汉松才会那样苍翠。

　　用手掌按在那覆盖了我至亲的泥土上，被春日晒暖的泥土，让人想起最后握着他们的手时，留在自己掌心里的体温。大概这就是家乡的泥土。远走天涯的人，用小玻璃瓶装起一撮泥土，挂在脖子上。要是在异乡水土不服，就挖出一小块泥土，用开水冲了喝下去。听说这个土法子治好了不少人过敏的身体。

（摘自《读者》2021 年第 21 期）

逢 雪

胡竹峰

冷冬，几个人把盏闲话。无所事事间，一扭头，下雪了，是初雪，细细碎碎飘着，在檐前，在窗下，一片素白遮远岫。雪飘过树梢，飘过屋檐，轻轻落在地上。茶一口口喝得淡了，雪却越来越大。一夜风，一夜雪，清晨起来，庭院、野地、村坡一白。离别太久，逢雪有愁思：白日银色铺地，风送冰雪，心有愁消息。

倘或是江南小巷逢雪，撑把油纸伞，徘徊又徘徊，放慢步履，每一步仿佛踏进山水画。薄如轻纱的冷雾弥漫远山，红墙黑瓦的老房子越发安谧。走进巷深处，看看头顶窄窄的半爿天，不知不觉，心神凝进了古典的世界。

乘舟泛清流，相逢寒江雪，大抵行旅中了。两岸青松镶玉，白绿相叠。干脆停了顺水直下的扁舟，借一袭蓑衣，一顶斗笠，一弯鱼钩，纷纷飘雪中独钓泓波，兴许能碰上一尾鲜鱼。移船靠岸，支炉火，烹肥鱼，将几枚小钱换一壶浊酒。听艄公扯扯水里的掌故，谈谈乡野的趣闻，足以消解一切岑寂。

山中逢雪是猎户，肩头枪尖挑着野味，腰间的皮囊装有响箭。雪壮英雄胆，听得俚曲分外脆亮，山歌格外雄浑，那人大踏步奔向森林深处木屋。雪愈下愈大，窗外乱云低薄暮，急雪舞回风，屋内和暖如春，松花轻爆，烤肉流香。男人憨笑看着心上人红扑扑的双颊，虽是荒山木屋，却别有一番温馨。

山中逢雪的还有隐士，午后得闲，携琴与友清谈。闲处光阴易过，推门欲走，天色已变，彤云密布，飞雪连天。只好返身回屋，添茶换香，继续那一盘未完的残局，夜间靠着炉火在木榻上和衣而眠，只等鸡鸣唤醒。

雪花大如席，关上柴门，斜歪在炕上，手执一卷文章，红泥火炉托一罐野味。少顷，满屋生香，少不得做些馋虫状。耳听朔风敲磕着临风的矮窗，就着尚有余温的炭火，烘烘手掌，敲冰研墨，一阕新词在纸上墨色淋漓。

春意迷离、乍暖还寒时逢雪，不妨丢开伞，迎着吹面微寒的风，没遮拦信步溜达，走入"白雪却嫌春色晚，故穿庭树作飞花"的诗境。春雪很细，不成片，悄无声息笼罩山河大地，有一股薄薄的冰凉渗进体内。于是躲进暖意盎然的楼阁，捋一捋头发，满掌滑腻，雪味扑面而来，浑身上下一片清爽。

画堂晨起，来报雪花飞坠，不妨学学风雅古人，高卷帘栊看窗外一川雪景。等肚子饿了，弄几盘小菜，烫壶酒，或独酌或三五友人共饮。白雪飞花乱人目，樽中有酒可消愁，饮到情浓，纵兴高歌，看"蝴蝶初翻帘绣，万玉女，齐回舞袖"，岂不快哉？

　　最怕雪天孤仃一人，恰逢生病，衣衫单薄，用被子裹着冷得发抖的身体。"黄河捧土尚可塞，北风雨雪恨难裁"，雪越下越大，让人格外心慌。想到"弟寒兄不知"的困窘，庭前虽有玉树可看，灶上却无米肉下锅，只得强自宽慰：雪明天就会止的，冬深春已近。然"乱山残雪夜，孤烛异乡人"，任是铁打的汉子，也不禁暗自伤怀，泪湿衣襟吧。

（摘自《读者》2023 年第 4 期）

先生冒寒不易

秦淮桑

某年冬，一友去山里，说许多年未见这样的大雪，把路也埋了，枯枝也压断了，极目四望，莽莽苍苍，人在那时，心无所思，只是跟着脚步走，不知会走到哪里——也许是一户人家门前，也许是更深更冷的山里。总觉得自己会迷路，但最终还是走了出来，记得来路有松，松枝覆雪，沉沉欲坠，几成不可承受之重。渐近黄昏，顺着那些松树的指引，好不容易走出深山，回到暖灯可亲的家中，心就安了。

看他发来的照片，万物都在深雪里，我只感到一阵清寒。

大雪纷飞，美则美矣，却也冻手冻脚萧瑟难耐，最自在莫过于闭门不出，煮水烧茶，喝滚烫的普洱，读明清小品，手倦抛书，拥被午寐，窗帘不必拉上，睡眼蒙眬之际，仍见大雪片片，轻飘飘落在屋外。

然而他随雪去了山里，见了更为深静的琉璃世界，那里一点人烟也不见，一点人声也不闻，目之所见，全都是白，万籁俱寂的白，落了片白茫茫大地真干净的白。"走在雪中，就算迷路，我也愿意。"

看着照片中厚厚的积雪，顿觉寒意扑面。我回复："先生冒寒不易。"

随之说起《雪夜访戴》，王子猷行事洒脱率意，自有一段魏晋风流。那样的大雪夜，寒恻恻天地一白，谁不想拥被而眠一枕黑甜。王子猷偏不，记起戴安道在剡，就要乘兴而往，驾一叶扁舟经宿方至，到了人家门前却不进去，掉头回去了。"吾本乘兴而行，兴尽而返。"这话说得也有意思，好兴致都在雪夜行舟间，兴致尽了，自然也就不必见戴了。

"戴安道事后得知，不知会做何感想？"朋友发来消息。

我说："大概也会觉得'先生冒寒不易'吧，那么远的路途，四处落雪，寂无人声，难为王子猷舟中过了一夜。"若我也有雅兴雪夜访友人，必不会效仿王子猷，怎么也得讨碗热茶喝，而后与友人一同踏雪闲行，有梅探梅，无梅探松，竹亦可。

先生冒寒不易。

这一句，起先是在诗人周梦蝶《不怕冷的冷》一诗中读到的：

> 最宜人是新雨后晚风前
>
> 当你曳杖独游，或临流小立
>
> 猛抬头！一行白鹭正悠悠
>
> 自对山，如拭犹湿的万绿丛中
>
> 一字儿冲飞——

冷冷里，若有鼓翼之声来耳边，说：

> "先生冒寒不易。"

读着极喜欢，新雨、晚风、白鹭、青绿，俱在眼前，水流潺潺，曳杖人独立，不怕冷，也不怕孤寂，能得山水禽鸟以恬淡诗意酬赠，那么，

162·

远路而来所受之寒也就不值一提。

曾完整地把这首诗抄在笔记本里，日间诵读，纸页间都是山风拂过般的清寒。

后来方知，此句原出自《三国演义》。

书中，刘备说得最克制而有人情味的一句话，莫过于"先生冒寒不易"。其时，刘备为请诸葛亮，三顾草庐，两次寻访不遇，第二回临走见一人冒雪骑驴而回，误认为此人是诸葛亮，遂上前施礼道："先生冒寒不易！刘备等候久矣！"

细细品味，这句话是很有意思的，堪下酒。尤其暮天飘雪，烧着红叶，隔水温陈酿，偶有微雪飘入火里，眨眼即化。酒温好，仰头喝进肚里，肠胃俱暖。

看雪，烤火，饮酒，再想想刘、关、张也都是冒寒而来，刘备却闭口不提，只说人家的不易，世故人情与钦慕关怀都在里边。何须小菜下酒，只一句"先生冒寒不易"，就足够滋味深长了。

诸葛亮受了刘皇叔的三顾之恩，这一顾二顾三顾都是冒寒而来，委实是"冒寒不易"，诸葛亮想来是能体会到这种不易的，遂决计出山辅佐。奈何刘备"创业未半而中道崩殂"。诸葛亮受托孤之重，为复兴汉室，南征北伐，亲理细事劳心劳力，终致形疲神困心力衰竭，病故于五丈原。一身智谋随风散去，真是可叹可惜！

这时再念一声"先生冒寒不易"，不知几多况味在其中矣。

（摘自《读者》2022 年第 4 期）

这样的幸福

林　良

对一个小孩子来说，人世间最大的幸福就是有一对不吵架的父母。但是能不能有这样的幸福，全靠运气，因为这只有父母两个人才能给，不是小孩子想要有就能有的。

我很幸运，从我懂事的时候算起，一直到二十一岁父亲过世为止，我从没见过父母吵架，所以我常常认为自己是一个很有福气的人。尽管因为几次逃难，遍历家道中落、人情冷暖的严峻考验，但是我并不觉得这个世界有多寒冷，心中永远葆有一股不灭的暖意。这股暖意，就是相处和睦的父母给的。

出现在我脑子里的"记忆画面"，如果主角是父亲，那画面就是他正和颜悦色地跟母亲说话；如果画面的主角是母亲，那么画面就是她正和颜悦色地跟父亲说话。他们交谈时，总是和和气气，好像一个是主人，另一个是来访的客人。

虽然是在家里，他们也很喜欢互相打招呼。母亲要出门，喜欢说一句："我去百货公司了！"父亲就会说："路上小心。"父亲从外面回来，喜欢对母亲说一句："我回来了！"母亲就会说："辛苦了，坐下来歇歇。"有些夫妻是不这样打招呼的，但是我的父母好像很喜欢。

从小到大，在我的记忆里，我们家从来没有出现过跺脚、拍桌子、摔碗盘，或者用力关房门出气的暴力场面。我们小孩子都不知道家里会有这种事。直到上了小学，有电影看了，才在电影里看到一些这样的画面。

西方有一句谚语："雄辩是银，沉默是金。"我年纪渐渐大了以后，才慢慢知道父亲和母亲也会有意见不同的时候。那种情况一出现，他们彼此好像都有了戒心，立刻收起话头，不再争论，尽量让自己保持沉默。

事实上，他们双方保持沉默，不只是不想争论，还是开始有心相让。在你让我、我让你的情况下，大家反而更能平心静气地检讨自己意见的偏颇。因为这个缘故，他们从来不吵架，而且在面对困难的时候，也较少做出错误的决定。

父亲和母亲的生活习惯完全不同，但是彼此都能互相尊重。父亲每天清晨五点钟就会起来读书，点亮桌灯，研读他的化学课程，所以一到晚上八九点，就会哈欠连连，不停地打盹儿。因此，母亲和亲戚们晚饭后的夜谈，父亲都可以不必参加。

母亲喜欢夜读，看章回小说。她习惯扭亮床头灯，读到夜深才抛书入睡。父亲每天早上起来，都要帮她灭灯，收起掉在地板上的小说，从来没有一句怨言。

在我们家道中落之前，父亲每次要量身定做西服，一定会邀母亲同行。他不相信裁缝，不相信镜子，只相信母亲的眼睛。在我们因为多次逃难、家道中落、在漳州落难的时候，母亲每次变卖首饰，都会邀父亲同行，一来可以避免金店老板计算错误，二来父亲还可以一路保护她。

母亲也曾经为一些事伤心落泪，要找人倾诉。那时候，父亲一定会坐在旁边安慰她。父亲也曾经为某件事难过，要吐露心事，母亲就会一边聆听，一边为他倒一杯茶。在那个时候，我会有一种错觉，以为父亲是母亲的父亲，母亲是父亲的母亲。

在我们最后一次逃难之前，父亲投资一家"九龙餐厅"失败，家庭的经济问题已经十分严重，父亲心情非常郁闷。母亲就建议父亲，每天下午到港仔后海滩走走，散散心。她不但自己陪着父亲去，也叫我和二弟一起去。

那时候我们住在鼓浪屿。"港仔后"是鼓浪屿西侧一条长长的美丽沙滩。沙滩很美，最适宜散步。母亲陪父亲在前面走着，我跟二弟远远地在后面跟着。我们特意走得很慢，好让父亲和母亲可以自由自在地说话。

看着他们越走越远的背影，我这个读过许多小说的高中生觉得有一股暖流涌遍全身："爸，妈，你们已经给了我们幸福！至于未来的日子怎么过，那算不了什么。我们大家可以一起拼哪！"

（摘自《读者》2022 年第 5 期）

客套的太极

闫 晗

　　婆婆老家的人都有点儿"虚伪"，比如说，婆婆跟邻居老太太聊天，老太太看婆婆家里有一大捆葱，随口问起："怎么买这么多？"婆婆立即客气地说："你拿点儿回去吃吧。"对方连连推辞，婆婆坚持要给，双方卖力客套一番，人家还是没拿，但彼此笑意盈盈地完成了一场社交，展现了双方都富足大方的精神面貌。

　　然而在大城市，这套逻辑有时候就行不通了。某一天，邻居带孩子来家里玩，到了饭点，婆婆随口邀请她们在家里吃饺子，邻居立即说好，反正自家也没做饭，就坐下了。婆婆吃了一惊，像一个发现大人吃了她零食的孩子一样，深感意外——她并没有预备足够的饭菜。在婆婆的社交经验中，所有人都把物质看得很重，将心比心，也就不会轻易要别人的东西，没有人把这种客套当真。

我跟朋友讨论这种现象时，最初觉得这很可笑，"客套"太不真诚，新一代年轻人才不这么干。可现实中看到毫不客套的人，也略有不适，仿佛进度太快，少了缓冲。我大舅就是个非常实诚的人。有一次我爸做手术，他来探望，掏出了几百块钱，我妈说不用了，他二话不说装回了口袋。

也许，客套也是一种礼貌，维系着人与人表面的温情脉脉，就像一个缓冲气垫，里面什么也没有，可人们因此少受了颠簸。

读《红楼梦》时，看王熙凤拿二十两银子打发来"打秋风"的刘姥姥时，话都说得很漂亮，"给孩子添件冬衣吧"，看破不说破，显得更尊重人。假如人与人之间都是直来直往、一针见血，就会显得冷酷无趣。

李安在《推手》里讲，太极之道在于彼此制约，掌握平衡，以柔克刚。婚姻里两个人的相处也好像太极中的"推手"——将对方给过来的力量化去，再对别人施力。人与人之间的客套也像太极，对彼此的情绪施力。一旦有人夸自己劳苦功高，便立马谦虚起来，显得亲和又低调。

客套可以给人以抚慰。人是需要被赞美的，如果自己做了漂亮的事情，无人客套追捧，付出没有被看到、被肯定，可能会迅速变成戾气。有些家庭的关系紧张，就是因为付出者没有得到肯定，情绪上出现了黑洞。不信？听听小区里奶奶们的话题，多是讲自己对儿女付出的。儿女不会时时给予肯定和表扬，老人们在圈子里客套地互相肯定一番，相当于一种心灵按摩，大家就都心平气和了许多。

懂得客套也是做下属的必备技能。丁春秋为什么要雇一帮人喊"星宿老仙法力无边"呢？有人在一旁制造浮夸的气场，自己才有机会展示宗师风范，稍微显出点谦卑来就能令人耳目一新。如果底下人都低调了，老大哪有机会展现虚怀若谷的气度呢？

（摘自《读者》2022 年第 6 期）

姥姥的春节

樊晓敏

这些年，我常常想，当年老姥爷是怎样到内蒙古的啊。

现世的亲人都已经无法说清到底是哪一年，只知道那时老姥爷家很穷，租种人家的二亩薄地，收成总是不好，一双幼小的儿女却正嗷嗷待哺。不知他从哪儿听说内蒙古有个叫临河的地方，荒地多得数不清，很能养人。

就像在黑暗中看到一丝微弱的光，老姥爷想试一试，看看能不能到那里寻一条活路。抱着那点儿渺茫的希望，他出发了。可哪里有钱买车票呀？于是，他就一咬牙，一步步走过去。

我看了看地图，从我的家乡河北行唐到内蒙古临河，将近1000公里的路程，中间有山，有河，有戈壁，有茫茫沙漠。我无法追问，亦无从想象，那么遥远的路途，他一个人，没有地图，没有路标，不知前方如何，他是怎么走的？我不知道朔风呼啸、落雨下雪的时候，他怎么办？住在哪里？饥肠辘辘的时候，他又该怎么办？

但他就那样，一步一步，山一程，水一程，四个月后，他老人家终于到了临河。放眼一望，风吹草低，地广人稀，真是好地方啊！

没有来得及休整，带着对美丽新世界的无限憧憬，他又一步一步，花了四个月的时间，长途跋涉，回到家乡。

他和老姥娘决定举家迁徙。临行，心里却愁肠百结，那么远的路程，怎么带得了两个孩子？最后，无奈之下，他们咬了咬牙，留下了不到八岁的女儿，也就是我姥姥。他们对寄养的人家说："如果我们回来，就好好酬谢你们；如果不回来了，你们就将她当童养媳吧。"

在女儿撕心裂肺的哭声中，一家三口孤勇的迁徙开始了。老姥娘蹒跚着一双小脚，费力地跟着，老姥爷挑着担子，一头是简单的铺盖，一头是才三岁多的儿子，也就是我的小舅姥爷，一路上经历了说不尽的艰难与凄冷。

小舅姥爷从小就由他的姐姐带着，一开始总哭喊着要找姐姐，可几天过去，他也知道没有了指望，就不再吭气。又过了些日子，孩子问："娘，娘，怎么总是黑夜，不见白天啊？"他们这才知道，孩子的眼睛看不见了。

很快，小舅姥爷死了，被埋在途中一个不知名的地方。老姥娘哭倒在小小的坟堆上，怎么也不肯再走下去，她给老姥爷跪下，求他回去。老姥爷好说歹说，悲痛欲绝的老姥娘才跟着他继续走下去。

发生的这一切，我姥姥那时当然无从知晓，一年又一年，她到底成了人家的童养媳。

在地里干活时，一次又一次，姥姥看到春燕从南方归来，她常不由得站起身来痴望，然后又在粗暴的斥骂声中惊醒。燕声清脆，她心里却只有一片凄楚。

在那个封闭孤寂的小村子，支撑她活下去的，就是这份无望又苦涩的等待。

每年临近除夕，姥姥都会频频梦到爹娘和小弟。醒了，又闭上眼，想再回到梦里，只有在那里，她才能见到自己最亲的人。

大年初一那天，总是天还未亮，姥姥就悄悄起身，到村外一个高岗上，一个人埋在荒草里哭。哭完了，她也不知道该对着什么方向，只是大声地喊："爹，娘，小弟，你们在哪儿啊？我想你们……"

当时的姥姥当然不会知道，到了临河，老姥爷起早贪黑，不要命似的干活。没几年，老姥爷就置下百十亩地，开始雄心勃勃地筹划着，要风风光光还乡接女儿。

他老人家想，买上几匹大骡子一路赶回去。过年的时候给骡子挂上大红花，驮上肯定受了不少委屈的女儿，在村子里风风光光地转上两圈，向大家宣告曾经的穷汉子阔气地回来啦！

好一个衣锦还乡梦啊！

然而，这浩大的梦还未来得及实现，日本人的军队和枪炮就先启程了，我的家乡成了一片惨烈的战场……

回乡的路和梦就这样生生被切断了。

到临河最初的那几年，除夕晚上这一餐，老姥爷和老姥娘几乎没正经吃过饭，餐桌上放着两双筷子、两个碗，老姥娘总止不住掉泪："妮儿，小儿，就这么撇下你们，过年了，你们陪娘吃顿饭……"

动荡的岁月，辽远的故土山河，难料的变故，艰难的归乡路啊，任亲人的思念如山如海，却也没有办法，没有办法。

不知有多少个年，姥姥和她的爹娘就这样遥遥相盼却互不相知，在对彼此的呼唤和流淌的泪水中度过。

后来，也一样不记得是哪一年，姥姥的村子来了一个高个子的老太太，逢人就打听："小名冬妮儿，大名王金荣，她家在哪儿？"人们围上来，把一个人推给她，看看，是这个人不？老姥娘抹着眼泪拥上去："怎么不认得，这不是我的妮儿吗？"

这时她的妮儿，我的姥姥，已经差不多是母亲当年离开时的年纪了，我的妈妈已经能走会跑了。

姥姥又哭又笑，抱着她娘不松手，又着急地东看西看，连声问："爹呢？弟弟呢？"

他们全都没了……

后来，直到现在，我还能清晰地记得，童年时，每一次去姥姥家拜年，她总是天不亮就起床打扫，每次都要剁好多的饺子馅。她搜罗出家里所有好吃的，其中总不乏妈妈之前带给她，却被她藏得变质了的食物。在那个香油还是奢侈品的年代，别人做饭总是用筷子头点上几滴，她却总是出溜一倒，让饭菜香得发腻，让孩子们抱怨。

多少年之后，我才真正理解，为什么不管物质是否匮乏，姥姥家的年看起来总是隆重、盛大，因为她太珍惜亲情环绕的滋味。

姥姥一生遭受的生离死别不止于此，她的种种凄苦，我无法一一细说。生命暮年，她又卧床七八年之久，饱受病痛的折磨，她的离世不过是种解脱。

这些年，每每大年初三，妈妈总是给姥姥烧很多很多的纸钱，嘴里总念念叨叨那几句话："你苦了一辈子，省了一辈子，在那边，别再苦了，和我姥爷姥娘他们过个欢欢喜喜、丰丰盛盛的年。"

我想那个世界的姥姥，也一定会是这样的吧。

（摘自《读者》2022年第7期）

待 老

朱天衣

"人变老，真是新鲜的经验呀！"这是最近常让我喟叹的事。

曾有人针对女性做调查，结果显示，一生中最惬意的年岁竟然是52岁左右，也差不多就是我这个年龄。仔细想想确是如此。成家的，儿女多已独立自主；未婚的，也已摆脱了两性的角力，身心顿时闲适下来。回首半百人生，有未竟之处的，可重整旗鼓，去完成许多自年轻时便萦回的梦想；再不济，也可和同年龄段的姐妹到处溜达，重温年轻时的闺密情，无异性干扰，这同性情谊是更入佳境了；积极些的，依过去累积的经验与能力，到医院、慈善机构当义工，让后半生更具意义。

这些年，我的生活改变不大，一样上课写作，一样养猫养狗，但细细琢磨，发现随着年龄渐长，身心还是起了些变化。首先便是步调放缓了，天底下没有什么事是不马上做就不行的，或者说是体会到，天底下没什么事非你不可，不会因为少了你这世界就无法继续运作，年轻时"舍我其谁"的想法已飘然而去。

因此，就让一切节奏缓和些吧！开车速度放慢了，沿途的风景变得宜人，也少接些罚单。进食时，因为细嚼慢咽，才能品尝出食材的差异，且听得到身体的需求，不仅吃得越来越素，也吃得越来越粗，配着自己地里的青蔬、自己腌渍的酱菜，餐餐都是珍馐。此外，食量也在递减，只要微撑，脑子就会呈一片混沌，所以再也不涉足那些自助吃到饱的餐厅，既浪费食物，又和自己过不去。

当然，除了积极的一面，老之将至也带来不少困扰。比如每天晨起都需要花半个钟头，才能从发傻的状态中苏醒，等把家中猫、狗、鸡、鹅、鸟都喂饱了，却又忘记自己是否吃过降压药了。要出门时总得进出好几次才能把东西带全，回到家，又发现好些东西落在外头了。最大的喜悦是本以为丢失的伞，却好好地杵在家里，因为根本忘了把它带出门。诸如此类的怨叹、惊喜，已成了家常便饭。

虽粗茶淡饭又减食地过日子，却阻止不了躯体呈辐射状向外扩充。更糟的是那腮帮子，简直和大公猫没两样，五官因此变形，眉眼淡得失神，镜子早不敢照了，偶尔在橱窗前一瞥，都要诧异地问："那是你吗？真的是你吗？"很不幸的，还真是你！

许多的人名、书名、地名、电影名，已到嘴边了，却叫不出，就是叫不出，因此和人说话变得像在玩填字游戏。

年轻时有一次去养老院探望一位长者，在他的案头贴着一张字条："钥匙、钱包、眼镜、雨伞、关灯、关门。"那该是出门前的备忘录，看得我心酸又同情。然而一眨眼，自己也差不多到了该随时记下些什么的年岁。

步入初老，我只求脑子运作无碍，致力让神志保持清明，可以亲睹自己缓缓地步入人生的另一个阶段，细细咀嚼渐老乃至终老的况味。我想当面对并接受"人都会变老"，或者"人要够幸运才能待老"这样的想法时，晚景是可以怡然度过的。

（摘自《读者》2022 年第 8 期）

夏 天

汪曾祺

　　夏天的早晨真舒服。空气很凉爽，草上还挂着露水，写大字一张，读古文一篇。

　　凡花大都是五瓣，栀子花却是六瓣。山歌云："栀子花开六瓣头。"栀子花色白，近蒂处微绿，极香，香气简直教人有点受不了。我的家乡人说这是"碰鼻子香"。栀子花粗粗大大，又香得掸都掸不开，于是为文雅人所不取，以为品格不高。栀子花说："我就是要这样香，香得痛痛快快，你们管得着吗！"

　　人们往往把栀子花和白兰花相比。苏州姑娘串街卖花，娇声叫卖："栀子花！白兰花！"白兰花花朵半开，娇娇嫩嫩，象牙白色，香气文静，但有点甜俗。

　　夏天的花里最为幽静的是珠兰。

牵牛花短命。早晨沾露才开，午时即已萎谢。

秋葵花也命薄。瓣淡黄，白心，心外有紫晕。风吹薄瓣，楚楚可怜。

凤仙花有单瓣者，有重瓣者。重瓣者如小牡丹。凤仙花茎粗肥，湖南人用以腌"臭咸菜"，此吾乡所未有。

马齿苋、狗尾巴草、益母草，都长得非常旺盛。

淡竹叶开浅蓝色小花，如小蝴蝶，很好看。叶片微似竹叶而较柔软。

"万把钩"即苍耳。因为结的小果上有许多小钩，碰到就会挂在衣服上，得小心摘去。所以孩子们叫它"万把钩"。

我们那里有一种"巴根草"，贴地而去，见缝扎根，一棵草蔓延开来，就会长很多根，横的，竖的，一大片。而且非常顽强，拉扯不断。很小的孩子就会唱：

> 巴根草，
>
> 绿茵茵，
>
> 唱个唱，
>
> 把狗听。

最讨厌的是"臭芝麻"。掏蟋蟀、捉金铃子时，常常沾一裤腿。奇臭无比，很难除净。

西瓜以绳络悬于井中，下午剖食，一刀下去，咔嚓有声，凉气四溢，连眼睛都是凉的。

天下皆重"黑籽红瓤"，吾乡独以"三白"为贵：白皮、白瓤、白籽。"三白"以东墩产者最佳。

香瓜有：牛角酥，状似牛角，瓜皮淡绿色，刨去皮，则瓜肉浓绿，籽赤红，味浓而肉脆，北京亦有，谓之"羊角蜜"；蛤蟆酥，不甚甜而脆，嚼之有黄瓜香；梨瓜，大如拳，白皮，白瓤，生脆有梨香；有一种较大，皮色如蛤蟆，不甚甜，而极"面"，孩子们称之为"奶奶哼"，说奶奶一边吃，一边"哼"。

蝈蝈，在我的家乡叫作"叫蛐子"。叫蛐子有两种。一种叫"侉叫蛐子"。那真是"侉"，跟叫驴子似的，叫起来"咶咶咶咶"很吵人。喂它一点辣椒，吵得更厉害。一种叫"秋叫蛐子"，全身碧绿如玻璃翠，小巧玲珑，鸣声亦柔细。

别出声，金铃子在小玻璃盒子里爬哪！它停下来，吃两口食——鸭梨切成小骰子块。于是它叫了"丁铃铃铃"……

乘凉。搬一张大竹床放在天井里，横七竖八一躺，浑身爽利，暑气全消。看月华。月华五色晶莹，变幻不定，非常好看。若月亮周围有一个模模糊糊的大圆圈，是谓"风圈"，则近几天会刮风。"乌猪子过江了"——黑云漫过天河，要下大雨。

一直到露水下来，竹床子的栏杆都湿了，才回去，这时已经很困了，才沾藤枕，已入梦乡。

鸡头米老了，新核桃下来了，夏天就快过去了。

（摘自《读者》2021 年第 16 期）

自由地命名

张　炜

黄霸是西汉名臣，在地方为政时政绩突出。他关心百姓生活，亲自制定安民条款，规劝黎民遵章守法，就连家常琐事也考虑得周到得体。"细小之事，起初极为繁多"，而黄霸正是一个善做具体工作的人。一番治理之下，工作很快见了成效，当地"路不拾遗，夜不闭户"。

汉宣帝见黄霸将地方治理得如此之好，认为让他只在地方任职实在大材小用，便动了提拔之念。于是，他先征召黄霸担任太子太傅，后迁升他为御史大夫，直到丞相、封建成侯。那么，黄霸受提拔后政绩如何？他当上丞相后，依然像在地方任职一样，关注琐碎事务，比如男女不同路、子弟当尽孝等等。一个丞相理当掌管国家大事，而非时时为小事操心。如此思路之下，他在丞相任上自然政绩平平。《资治通鉴》评价他："霸材长于治民，及为丞相，功名损于治郡。"

清代有位学子叫惠士奇，才高八斗、学富五车，考取举人、中了进士，被任命为广东学政。这个职位很容易腐败，但惠士奇"校士公明，一文不取"。时任两广总督杨琳对他特别欣赏，上奏雍正皇帝："臣遍历各省，所遇学臣中，仅见者有此清操特出之员。"雍正深感清廉人才难得，试图让惠士奇担任更重要的行政官职。

但他没有立即这么做，而是向杨琳进一步了解："惠士奇观其人，吏治可以用得否？"杨琳如实回奏："惠士奇未做过临民之官，臣与之共事三年，观其作用，惟有衡文乃其所长，恐非吏治之长材也。"雍正一听，就让他继续做广东学政，将其调回京师后，也是继续用其所长，任命他为专管文史方面的翰林院侍讲学士，后来又任命他担任侍读学士。惠士奇在这个岗位上兢兢业业，颇有建树。

领导在选人用人上有一种弊病：就是以为某人的一方面能力突出，在其他方面的工作也定能胜任，于是不管三七二十一，将他提拔到更重要的岗位之上，结果却适得其反。人各有所长，岗位各有特点，必须讲究人才与岗位的匹配度，再根据每个人的特点及长处加以任用。

（摘自《读者》2020 年第 11 期）

渲 染
蒋 勋

树叶夹在空白的笔记本里，几天后，纸上渗透着叶子的汁液，拓印出一片叶子湿渍泛黄的痕迹。

拓印的痕迹有深有浅，有浓有淡，有湿如水墨的渲染，也有如干笔的飞白；连叶子纤细的茎脉网络也一丝一丝被拓印了下来。

细如发丝的线条和晕染的水痕，像一张最好的水印木刻小品。书法美学里常常说"屋漏痕"，便是指水在长时间里沉淀渗透的痕迹吧。

小时候在水塘里发现被浸泡久了的落叶，经水腐蚀，一片叶子只剩下透空的叶脉，迎着阳光看，像蜻蜓的翅翼，在风中微微颤动。

因此童年多了一项秘密的游戏，我常常选择一些自己喜欢的树叶，浸泡在不容易为人发现的水塘或水沟。下了课没事就跑去检查，把叶子从水里捞起来，看看腐蚀的情况。

日复一日，经过耐心的等待，总要大约一个月，腐蚀得才够完全。

叶片腐烂的部分随水流去，剩下干净清晰的叶脉，用纸吸干水分，在通风的地方充分干燥，一片叶子美丽的茎脉就都显现了出来。

我童年的书页里夹着许多自己制作的这种叶片，也当作礼物，送给当年要好的玩伴朋友。

我没有上过什么美术课，我的美术课大多是在大自然里自己玩耍游戏的快乐记忆。

宋代以后，绘画里常常用到"渲染"一词。"渲染"一般会让人联想到水墨的技法。

墨色凝固在绢帛或纸面上，原来是一块死黑。经过水的渗透，经过湿润的毛笔笔锋一次又一次地晕染、渲刷、冲淡，墨色和纸绢的纤维渗透交融，颜色和质感都因为有水介入，发生了莹润的层次变化。

"渲染"是说水的渗透，"渲染"也是说时间一次又一次的经营琢磨。

许多好的宋画，无论色彩或水墨，都看得出来层次的丰富，至少要经过十数次"渲染"，才能如此晶莹华美。

我的大姐画工笔花鸟，画画的时候，一定有一枝饱含清水的毛笔。上了颜色之后，即刻用清水笔渲洗一次。再上色，再渲洗，一次一次，如此反复十余次至二十次。

颜色褪淡成玉的质地，颜色不再是纸绢表面的一层浮光，颜色渗沁成纤维里的魂魄，颜色被水漫漶散开……纸绢上的一片叶子，一朵花，仿佛只是颜色回忆的痕迹。

艺术里的美，往往并不是现象的真实，却是真实过后的回忆。

回忆，需要时间的渲染。直到有一天，所有的现象都只是回忆，繁华也就耐得起一次一次的渲染了。

"渲染"或许不只是绘画的一种方法吧，一个时代，有了"渲染"的审美，才算是开始懂得在时间里修行了。

偶然翻开儿时的书页，还会不经意发现一两张昔时制作的叶片。茎脉迷离婉转，书页上一圈泛黄的拓印。初看起来，误以为是叶片的影子，我拿开了叶片，痕迹还在，才知道不是影子，是叶片在岁月里把自己永远拓印在书页上了。

（摘自《读者》2020 年第 21 期）

暮色四合

徐则臣

　　我想，我骨子里是悲观的，这影响到我对词语的感受和选择。比如现在，我从燕园回万柳，到人大西门时，便陡然觉得心沉下来，沉得不堪重负，我似乎感到整个人置放在自行车上的重量。我一下子想到一个词：暮色四合。

　　就是这个词。接着，我看到了它。天色将晚，这是四月初北京的黄昏，天灰灰的，风也是灰的，暮色从四面升起来。四合，暮色如浪，卷起来，像饺子皮开始兜住馅儿，把世界包起来。车在走，人也在走，我却觉得周围静下来，只有黄昏的声音、暮色四合的声音，精致琐细地响起来，声音是沙哑的。这让我莫名地难过。我总是这样，在黄昏时，太阳落尽的时候难过，像丢了东西，心里空荡荡的。好像有所希望，有所留恋，也有所茫然和恐惧。

　　多少年了，每当我在黄昏时分离开一个地方，或者到达一个地方，总高兴不起来，只是忧伤，莫名其妙地忧伤，而且常常会生出想回家的念头。从一座城市到另一座城市，从城市到家，在每一个假期开始的黄昏，和每一个离家的黄昏，我都看到了暮色四合。整个人沉重地静下来，仿佛看不到路，没地方可去；仿佛身边的人都走光了，只剩下我一个。这种时候，我就会想起野地，那是看不到人影、听不到狗吠的一大片土地，上面有草，有庄稼，有芦苇和河流，还有孤零零的我。

　　少年的时候我在乡村，黄昏时多半还在野地里。摸鱼，偷瓜，割草，放牛，收庄稼，到田里找正在插秧的母亲，为躲避父亲的巴掌而逃窜，或者没来由地游荡，就在野地里遇到了黄昏。暮色从喧嚣的芦苇荡里浮上来，雾一样，后来我才知道掺了水的墨在宣纸上洇开来就是那样。风拉弯所有芦苇的腰，庄稼和大地也在风里起伏，越来越暗，越来越黑，在野地里动荡起来。不知怎么的，所有人都被灰暗的风吹跑了，就剩下我。我开始害怕，开始想哭，开始拎着篮子赤脚追前面看不见的人，开始往母亲干活的田头跑，开始抽着牛背往家跑。不知是怕把家丢了，还是怕把自己丢了。这样，我就觉得身体敞开了，风吹进来，沙沙地响，有点儿安详，也有点儿凉。

　　暮色，四合，迟早要把一个人包起来，包住后保藏起来，或者包扎好扔掉。一天将尽，都将逝去和失去，好的光景，坏的光景，喜的忧的，哭的笑的，都没有了。留下来的只是一个越来越小和越来越低的天，心可能会宽敞，也会悲凉地沉下去，可你不能看得远，也不能听得清，那些花花绿绿的灯光和你没关系，你就是一个人，站在哪里就在哪里，一下子从地球上突出来，孤立出来，像一根草，孤零零地站着。当年沈从文大约就是这样站着，在北京的那些暮色四合的黄昏里，从故宫博物院出来，一个人站在午门的城楼上。他看到了暮色四合，夜晚来到北京城。然后他开始往家走。不知道他跑没跑过。

我跑，我不喜欢站着不动。就像现在，我骑着自行车拼命跑，朝万柳跑。我感觉怪怪的，暮色四合，要么想家，要么无家可归。

（摘自《读者》2020 年第 7 期）

中国传统色，一种诗意美

郭　浩

朱颜酡，出自《楚辞》，指红润的面色，原文是："美人既醉，朱颜
酡些。"

美人醉了，面上的颜色就是朱颜酡。"颜色"，这两个字最早指面上
的神态和气色。古人讲颜色，往往从面相是否端正来检视一个人的人品
是否端正。面上的眼神和气色，讲究的是"见贤人则玉色"，贤德之人
从内向外散发着玉一样纯粹的气质，因此眼神和气色也呈现莹洁的玉色。
"颜色"两个字，就这样从"仪容气质"走向"具象色彩"。

朱颜酡是醉后欢悦的颜色，从屈原到李白，吟诵的是这种颜色背后的
愉悦心情，"落花纷纷稍觉多，美人欲醉朱颜酡"（李白）。中国传统色也
有"酡颜"的色名，本源就是"朱颜酡"。

宋徽宗写这种颜色如红玉："灯影四围深夜里，分明红玉醉颜酡。"留不住美好、热烈的欢颜，不妨沉醉，刻画在记忆里，记忆是有颜色的。

黄白游，讲的是颜色，似乎又不是颜色，这正是中国传统色的微妙之处。

颜色可以来自天地万物的具象，也可以来自人类心灵的意象。之所以将黄白游作为一种颜色名，是因为它兼具具象和意象双重美感。写《牡丹亭》的明代文人汤显祖，文采斐然，章句精妙，然而仕途不顺。友人吴序劝汤显祖到徽州去拜访退休在家的老师宰相许国，汤显祖却写了一首《有友人怜予乏劝为黄山白岳之游》："欲识金银气，多从黄白游。一生痴绝处，无梦到徽州。"

黄白，既是具象的黄山、白岳（齐云山），也是意象的神仙梦；既是具象的黄金、白银，也是意象的富贵梦。友人说得对：去徽州见见你的老师许国，黄白之间，气象万千，富贵袭人。在汤显祖心里，徽州的黄白已经不是神仙梦、富贵梦，而是他一生无法抵达的世俗之气，他选择了放弃：情不知所起，一往而深，请原谅我一生痴绝，不去徽州也罢，我这一生既没有神仙梦，也没有富贵梦。汤显祖之后，我们不但把黄白游看作黄、白中间的颜色，还把它看成我们挥之不去的神仙梦、富贵梦。

暮山紫，语出唐初文学家王勃的《滕王阁序》："潦水尽而寒潭清，烟光凝而暮山紫。"王勃写《滕王阁序》时，他的人生道路并不顺利，当时他还不知道自己差不多走到了人生的终点。

中国传统色的美学意境，往往借由天地万物的具象，引发微妙、曼妙、隽妙的意象，从精致细微之时刻、诗意浪漫之感触、丰饶深厚之底蕴，酝酿出独特的东方审美。"烟光凝而暮山紫"，就是诗人在黄昏时刻，观察到山间烟雾与夕阳落照的交织，薄薄的一层紫雾罩住了暮山，暮山见我，我见天地万物。如果将生命之有涯、宇宙之无穷、天地之不仁都想通透了，即使走到人生的终点，我们的内心也应该依然是充盈的。

（摘自《读者》2022 年第 3 期）

安于低调

冯骥才

在网络时代，一个人只有高调才会叫人看见、叫人知道、叫人关注。

高调必须强势，不怕攻击，反过来愈被攻击愈受关注，愈能成为一时舆论的主角，干出点什么都会热销；高调不仅风光，还带来名利双赢，所以有人选择高调。

高调也会使人上瘾，高调的人往往离不开高调，像人吸的烟、饮的酒，愈好愈降不下来，降下来就难受。可是网络是滚动式的，喜新厌旧的。任何人都很难总站在高音区里，所以必须不断地折腾、炒作、造势、生事，才能持续高调。

有人以为高调是一种成功，其实不然。高调只是这个时代的一种活法。当然，每个人都有权选择自己的活法，选择什么都无可厚非。

可是，另一些人偏选择另一种活法——低调。这种人不喜欢一举一动被人关注，一言一语被人议论，不喜欢人前显贵，更不喜欢被"狗仔队"追逐，被粉丝死死纠缠与围困，被曝光得"一丝不挂"；他们明白在商品社会，高调存在的代价是被商品化。这样，心甘情愿低调的人就不为人所知，但他们反而能踏踏实实做自己喜欢的事，充分地享受和品味日子，活得平心静气，安稳又踏实。

低调是为了生活在自己的世界里，高调是为了生活在别人的世界里。

文化也是一样。

商业文化就必须是高调的，只有高调才会热卖热销，低调谁知道。谁去买？然而热销的东西不可能总热销，它迟早会被更新鲜、更时髦的东西取代。所以说，时尚是商业文化的宠儿。在市场上最成功的是时尚商品。人说时尚是造势造出来的，里边是大量五光十色的泡沫，但商业文化不怕泡沫，因为它只求当时的商业效应，一时的震撼与强势，不求持久的魅力。

故而，另一种追求持久生命魅力的纯文化很难在当今大红大紫，可是它并不会为大红大紫而放弃一己的追求。它甘于寂寞，因为它确信这种文化的价值与意义。

我很尊敬我的一些同行。在市场称霸的社会中，恐怕作家是最沉得住气的一群人。他们平日不知躲在什么地方，很少伸头探脑，有时一两年不见，看似人间蒸发了，却忽然把一本十几万字或几十万字厚重的书拿了出来；他们笔尖触动的生活与人性之深，文字创造力之强，令人吃惊。待到人们去品读、去议论时，他们又不声不响地不知扎到什么地方去了。也许，唯有这样才能写出真正洞悉社会人生的作品来。

有些作家天生是低调的。他们生活在社会深深的皱褶里，也生活在自己的心灵与性情里，所以看得见黑暗中的光线和阳光下的阴影，以及大地深处的痛点。他们天生不是做明星的材料，不会经营自己，只会塑造笔下的人物；任何思想者都是一样。自己低调，是为了让思想真正成为一种时代的高调。

　　享受一下低调吧——低调的宁静、踏实、深邃与隽永。低调不是被边缘化、被遗忘，更不是无能；相反，只有自信才能低调和安于低调。

（摘自《读者》2022 年第 5 期）

点　睛

叶行一

1

　　金陵的安乐寺大殿建成，请张僧繇在墙壁上画了四条白龙。张僧繇画画有个规矩，不能点睛：一点睛画就要活。给兴国寺画鹰，鹰飞走了；给天皇寺画鹞子，鹞子也飞走了。安乐寺的和尚不信，说龙没有眼睛就没有神韵，张僧繇只好给点了一条，点完睛，龙竟真的飞了。这样，安乐寺大殿的墙壁上只剩下三条白龙。

　　画龙点睛的故事阎立本不知道听过多少回，每回都暗自发笑：虽说张僧繇是古往今来屈指可数的大画家，可这未免太夸张了，也不知道是哪个好事者杜撰的。我和哥哥的画技在本朝也是一等一的，人物、车马、鸟兽，什么没画过？人家也说是丹青神化。要真能画活，那不成仙了？

这样想的时候，阎立本还没见过张僧繇的画，也没去过安乐寺。第一次见张僧繇的画时，他三十岁，看的是《行道天王图》，觉得不过如此，真是徒有虚名。第二次看，发现了好。第三次再看，才真正领悟到妙处。那段时间，他脑子里全是张僧繇的画，看得多了，想得多了，真的觉得画像活了，天王的眼睛总是瞪着他，无论他站在哪个位置，总是逃不过那慑人的眼神，夜里梦到，又惊出一身冷汗。哦，是的，眼睛，所有的能量都在眼中。阎立本想去安乐寺看看白龙。

安乐寺的白龙是张僧繇七十五年前画的，那时候，方丈还是个十多岁的小沙弥，现在已经到了残年，走起路来慢吞吞的，说话也慢，大概话语从脑中走到嘴边，也像步履一样蹒跚。

大殿昏暗，两壁的画仍然很显眼。左边两条没有眼珠的白龙在乌云里翻飞，搅得乌云翻卷，有一种排山倒海的气势。右边壁上只有一条无睛白龙，孤单地在乌云中穿梭。仔细观察，就能看到在这条白龙的身边，乌云像被另一股看不见的气流牵引，呈螺旋状向上奔腾，一直冲到大殿顶部。阎立本顺着乌云望上去，见殿顶有一块雕画是重新拼接的，之前似乎被什么东西毁坏过。阎立本凝视良久，脑子里转了千百回：难道真的有一条白龙飞走了？

方丈回想起来还是心有余悸。那天听说张僧繇要给龙点睛，方圆几十里的人都赶来看热闹，把安乐寺围得里三层外三层，比正月初一还热闹。挤不进去的，干脆骑在围墙上。手脚灵活的小伙子都爬上院外那几棵大银杏树。先冲进去的人到了大殿门口不敢进去，双手撑住门框绝不再往前踏一步。后面的人又往前拥，人们一层层叠在大殿外，胸贴着背，脸抵着后脑勺，动也动不了。和尚们见这阵势，也没办法阻拦，心里一直犯嘀咕，说不清楚到底希不希望张大师把龙点活。

过了很久，突然一声巨响，大殿的房顶被什么东西撞破了。有人喊了一句："快跑，龙飞了！"人们立刻乱成一锅粥，纷纷往寺外跑，一边跑一边回头朝大殿望。只见大殿上空乌云密布，一道银色闪电劈开乌云，大风将地上的落叶卷起，吹得比大殿还高，大雨倾盆而下，劈头盖脸地砸在人们身上。

方丈那时和几个师兄躲在偏殿，眼见一道白光冲出，绕着大殿旋转。接着听到一阵龙吟，这声音实在太响亮了，震得他们的五脏六腑在肚皮里翻江倒海，头也快炸了，只觉得这声音把人一层层裹住，越缩越紧，让人喘不了气，喊也喊不出声。等那龙飞走后，他们的脑子里还在嗡嗡作响，好几天耳朵里都是回声。

阎立本听完方丈的回忆，说："要不我也给白龙点个睛，看它能不能飞走？"

方丈一听，吓得脸都白了，两只手抖得更厉害了，说话却突然快了许多，他说："阎中郎你可别吓我，谁不知道你的画技本朝第一呀！张僧繇要是还活着，真说不准你们俩谁高谁低呢。你要点睛，这龙肯定是要飞了。"

阎立本说："要是真飞走一条，我给你再画两条。"可方丈死活不肯，说已经见过一回，胆都快给吓破了。现在他年纪大、身子虚弱，再来一次搞不好要提前归西。阎立本只好作罢。

2

回到长安，阎立本和哥哥阎立德说起这事，立德也将信将疑，叹气说："从前还传曹不兴、卫协也能把龙画活呢，我每回都当成笑话来听。

如果张僧繇这事是真的，那他们的事不也是真的吗？要是这样，这个行当到我们手里可衰落得太快了，简直是天差地别。"阎立本见哥哥叹气，不知道该说些什么，心里闷闷不乐的。

晚上睡觉时，阎立本还在想点睛的事。夜色中，那几条白龙总在眼前翻腾，在乌云里打滚，然后扭过头来，用那没点睛的眼急切地望着自己，好像有很多话要说。阎立本想：不行，还是要去趟安乐寺。

老方丈见阎立本又回来了，心里有些不定当，问阎立本是不是要点睛。

阎立本说："不是，我就是来看看画。"

方丈不信，找来一个机灵的和尚，名叫慧翔，让他日夜跟在阎立本身边，绝不能让阎立本给龙点睛。

慧翔就跟在阎立本屁股后面，阎立本也不介意，他除了睡觉吃饭，其他时间都在大殿里看画。他让慧翔借了把梯子，一个人爬上爬下，把三条龙仔仔细细地揣摩了个遍。等把画都看熟了，心里又踏实了几分。他给慧翔讲解，说："张僧繇画的龙，不是我们正宗的本土画法，还吸收了西域犍陀罗的画风。你看这几条龙，有种说不上来的邪气。这段时间我总算看熟了。如果我要点睛，就不能按照自己的方法点，要按照张僧繇的方法点，这样龙才能活。"

慧翔听得似懂非懂，如坠云雾中。一听阎立本说要点睛，才回过神来，连忙摆手说："不行，方丈说了，不能点睛，一点睛，龙就没了。"

过了几天，来了一支求雨的队伍，在寺外舞龙，一直到天黑才结束。晚饭过后，只见有人兴冲冲地从安乐寺跑出来，说："墙壁湿了，墙壁湿了！"大家兴奋得手舞足蹈，心满意足地散去。

阎立本听慧翔介绍，每回求雨，只要大殿里的墙壁湿了，就表示龙听到了大家的祈求，保准下雨。阎立本不信，也去大殿摸墙壁，墙果然湿漉漉的。他伸手沿着墙壁滑动，摸到龙身，突然感到一种不易察觉的起伏传递到手掌，像龙在呼吸。他顺着龙身慢慢摸下去，起伏越来越明显，仿佛还能感受到龙身体的温度。突然，一股激流经手掌穿过手臂，阎立本只觉得身体一麻，打了个惊战。

难道是龙在召唤我？阎立本愣在那里，怔怔地想。

3

方丈听说阎立本又要点睛，急得觉也睡不好，半夜起来打坐，心想：真是要命，阎立本作什么孽，人家张僧繇点睛，你也要点睛，就赌这一口气吗？都说你是本朝画技第一了，还不行吗？

那边阎立本不饶，这边方丈不依，还好知事有个主意。他跟方丈说："要不，再砌一面白墙，让阎立本画？这样，我们安乐寺有张大师画的龙，又有阎大师画的龙，天下还有哪座庙比得上呢？万一他真把龙给画飞了，我们还有原来的三条龙，也没损失什么，还多了份谈资，怎么说都是两全其美的事。"方丈听知事这么一说，才安下心来，吩咐人去办。

听说本朝第一画师阎立本要给安乐寺画龙，整座金陵城都轰动了，人们都跑来瞧热闹。安乐寺这是有多大的福分，相隔不到百年，就有两位大师画龙。

4

阎立本已经好几天没睡好觉了：庙里都答应砌墙让你画了，你总不能赖着非给张僧繇的龙点睛吧？那点飞了又算谁的本事？虽然看了这么久张僧繇的画，却也没有十足的把握。但若能和张僧繇一样，凭空画出一条真龙来，那这一生算是没白活。

一连几晚，阎立本都在安乐寺内来回踱步，到了午夜都没有要歇息的意思，跟在后头的小和尚慧翔哈欠连天，走一步点一下头，好几次差点儿摔倒。阎立本见他困成这样，就让他先回去，可是慧翔不肯。阎立本有些不耐烦了，一挥手说："你走吧，我明天就要画画了，让我一个人清净一会儿。"

慧翔走后，阎立本又在安乐寺里绕了一圈，不知不觉走到大殿门口。他推开门，三世佛高高在上，低眉垂目，在夜色下显得格外肃穆。他双手合十拜了一拜，从佛前取了一支蜡烛，走到右侧的墙边，借着烛光，沿龙身一点点地端详。

恐怕连张僧繇都没有我对它熟悉吧？阎立本想。他忍不住又抚摸起来。当手掌触到龙身时，他感觉龙身体的起伏比上一次还要强烈，龙鳞也似乎一点点地张开，有种按捺不住的急躁。阎立本退后几步，把手中的蜡烛高高举起，以便看清龙的全貌。四下寂然无声，龙沉默不语，阎立本也沉默不语。

它真的想飞走吗？阎立本把蜡烛举高了一些，照见龙还没有眼珠的眼眶。眼眶上方，乌云旋转着要冲出大殿。那是七十五年前卷起的乌云。一条龙飞走了，另一条却被困在这里，它渴望飞走。

张僧繇已经不在了，它需要我。

阎立本想到这里，心里一下子亮堂起来。他取来梯子，一步一步爬上墙，从怀里取出毛笔，放在嘴里舔了又舔，让笔头慢慢湿润。他的眼睛一直没有离开龙那双没有眼珠的眼眶，他感觉自己的呼吸加重，嘴唇发干。过了一会儿，他终于调整好状态，握住毛笔，手慢慢往前伸。让它飞吧，明天我给方丈多画一条。

方丈早早就睡了，睡梦中突然被一阵闷雷惊醒，差点儿从榻上滚下来。那雷声席卷而来，在万籁俱寂的午夜如同几百头驴子同时在耳边大叫，震得人头晕目眩。突然又是一阵闷雷，比刚才那一阵还要震撼，屋子也跟着颤抖，细泥从屋顶直往下掉，雨帘一般。

外面突然嘈杂起来，许多和尚已经跑出屋子。有人喊："龙活了，大殿里的龙活了。"其他人马上跟着七嘴八舌地喊。方丈一听，心凉了半截。和尚们匆匆跑到大殿，只见阎立本坐在地上，墙上的龙却完好无损。太奇怪了，刚才的雷声不是龙在叫吗？和尚们看完左边，又看右边，一、二、三，的确是三条，它们都在呢。有一个眼尖的小和尚发现了什么，说："方丈你看，这条龙好像姿势变了。"

众人举起蜡烛，照着那条白龙。它果然变换了姿势，从昂首变作垂头，那双眼睛被点了几笔，但看上去毫无生气。

它没有飞起来？

和尚们看着阎立本，满脑子疑问。阎立本瘫坐在大殿里，两手向后垂地，目光呆滞，张着嘴一动不动。

"还是比不上张僧繇啊！"过了很久，他才还了魂一般，气若游丝地说。

阎立本后来当上右相，一直对自己画画这件事耿耿于怀。他告诫儿子："我小时候读书，文辞不比同侪差，却偏偏要学画画。能画过张僧繇、曹不兴吗？无非做个匠人，像奴仆一样侍奉他人，真是莫大的耻辱。你们要以我为戒，别再学画了。"他这样说，大概是已经没有自信了吧。

（摘自《读者》2022年第6期）

夜半钟声到客船

骆玉明

寺院的景色，僧人的生活，这两者形成的一种氛围，是诗人表现禅趣的极好素材。而在这一类诗歌中，经常写到的钟声，似乎具有特殊的表现力。

苍苍竹林寺，杳杳钟声晚。

荷笠带夕阳，青山独归远。

刘长卿是从盛唐进入中唐的诗人，经历了安史之乱。有一段时期他生活在今江浙一带，喜研佛理，喜与僧人交游。

《送灵澈上人》这首短小的五绝写诗人与灵澈告别，目送他回归竹林寺的情形。诗中几乎没有对背景的交代，直接以一个单纯的画面来呈现。因为刘长卿写这首诗并不只是为了泛泛表述一种惜别之情，而是要描绘灵澈的精神气质。诗中的画面既是以灵澈为描绘对象的，同时也可以说是诗人心灵的外化。

我们说到"画面",当然只是一种借用的说法,因为诗与画终究不同:从诗中场景经常处于变化过程中、经常加入非视觉因素的特点来看,诗的所谓"画面"更近似电影的镜头。

第一句"苍苍竹林寺",从远处出现一座寺庙。这里"竹林"既是寺庙的名称,又是指围绕着寺庙的竹林本身。"苍苍"则是林木因光线暗、距离远而呈现的青黑色。既而"杳杳钟声晚",在点明时间的同时,声音和画面配合,共同营造出特定的气氛。"杳杳"描写了从远处传来的虚渺的声音。如果单纯从解说诗题的意义来理解,这两句说明了送灵澈发生的时间,灵澈要去的地点。但如果诗歌中的句子只起到记述生活中发生的事件的作用,那是失败的,因为不用诗的形式,普通文句也可以起到这种作用。值得体味的是这两句诗所描绘的场景具有什么样的氛围。

当内心沉入寂静状态时,感觉周围的一切都变得格外安静。

黄昏,远处被苍苍竹林所掩映着的寺庙,弥漫于空中的虚渺的钟声。黄昏时分的钟声会让苍茫的自然变得更为幽邃,随着这样的钟声,心灵好像进入了表象之后的世界。

仍然借电影镜头作为譬喻,第三句"荷笠带夕阳",像镜头由远景和全景收拢来,转为近景,在画面的中心位置突出表现主人公的形象,而原先所描绘的场景此时则成为陪衬。值得注意的是,夕阳余晖照耀着灵澈背负斗笠的这一景象,不仅生动地描摹出僧人的背影,确定了"镜头"与对象的视角关系,同时也使主人公的背影成为画面上最亮的一部分。总之,这看似简单的一句,呈现的视觉效果非常强烈。而连着的结束句"青山独归远",使前面所描摹的背影呈现为动态——我们似乎看见这位背负斗笠的僧人在夕阳余晖的照耀下，向着远处的青山，青山下的古寺走去。而在另一层意义上，也可以说他正在向一个幽邃世界的深处走去。因为正如前面所说的，诗中这位僧人既是一个具体的生活事件中的人物，也是作者想象中高洁和幽独的人生精神的象征。

唐诗中写寺庙钟声的作品，张继的《枫桥夜泊》更为人们熟知：

月落乌啼霜满天，江枫渔火对愁眠。

姑苏城外寒山寺，夜半钟声到客船。

张继留下来的生平资料很少，大概可以知道他是天宝十二载（753年）的进士，担任过一些官职。生活年代与刘长卿差不多，两人也是好朋友，刘长卿为他写过诗。从他留下的诗作来看，他曾在江浙一带游历，这首诗应该就是游历过程中的作品。

诗开头描绘出一幅凄寒的深秋景象。"月落"表明夜已深，同时也让人联想到这位游子孤独地坐在船中凝视着月亮已经很久了。古诗中经常用月亮表达思乡的情绪，就像李白的名句："举头望明月，低头思故乡。"那么张继此刻也是在怀念家乡的山川或者亲人？"乌啼"在夜晚是一种不安的声音。那些鸟儿被什么惊动了？是什么让它们不能安然地栖息？这种不安传递到诗人心中，孤独的情绪进一步强化了。"霜满天"写出漫天寒意向人侵逼。本来，霜是低温条件下水汽在地面凝华而成的结晶，不可能出现在空中。但诗人将空中的寒气和地面的白霜看成一体之物，感觉中，霜似乎先是飘在空中，而后缓缓降落到地面的。一句诗，三种意象，好像是平列地展现出来。其实，三者不仅有密切关联，从视觉、听觉、触觉上相互配合，而且在情绪上，有越来越强的压力。诗人没有写他的客愁和孤独，只是通过景物，就很好地体现和传达出情绪。

首句描绘的景色是从大范围入手的，第二句变动一下视角，用近景，也是和"夜泊"关系更直接的风物与之配合：江边的枫树和水面上渔船的灯火。夜晚，枫树的色彩可能不容易显现出来，但对诗来说，它可以提供红叶斑斓的联想；而夜晚跳跃着的渔火，更给人以温暖的感觉。这里的两种意象，不仅增加了诗境的层次，也调和了画面的色调，诗人不愿意让那种凄寒和不安的气氛笼罩一切。而在静态的景色完成之后，抒情主人公出现在画面的中心，他"对愁眠"。当然，这里的"眠"只是一个想要入睡的动作，他其实长夜无眠。

这时有钟声响起："姑苏城外寒山寺，夜半钟声到客船。"宋朝欧阳修曾经对这两句诗提出怀疑，说是"句则佳矣，其如三更不是打钟时"，他认为寺庙没有在夜半敲钟的道理。后来有很多人根据文献记载反驳了他，南宋叶梦得更直接地说，欧公"盖未尝至吴中，今吴中寺，实夜半打钟"，证明吴中一带的寺庙一直有夜半打钟的习俗。

深夜里声音格外清晰，会传很远。这首先是因为背景杂音小。还有人进一步从声学原理上去解释，在地面气温偏低的情况下，声波会更多地向地面折射。所以张继写"夜半钟声到客船"，是符合科学原理的，这也表明他听到声音的那一刻，感受很强烈。

张继到底是在哪一年、出于什么原因，在一个夜晚泊舟在苏州城外的江面上呢？或许，他是为了自己的前程离开家乡在世路上奔波。人生总是有很多艰辛，除了自己，没有人可以诉说。一千二百多年前的这个夜晚，张继长夜无眠。世界是美好的，江南水乡的秋夜格外清幽，作为诗人，张继能够体会它。但世界也是难以理解的，你无法知道究竟是什么东西催逼着人不由自主地奔走不息，孤独地漂泊。这时候钟声响了，清晰地撞击着人的内心。深夜里，张继听到一种呼唤，他找到一种近乎完美的语言形式把这个夜晚感受到的一切保存下来。寒山寺的夜钟，从那一刻到永远，被无数人在心中体味。

（摘自《读者》2022 年第 8 期）

满身山雾

王太生

不喜欢在公共场合随便谈话的人，往往乐于野谈。野谈是一种随性的态度，不是背后说人闲话，而是朋友之间随意地聊天，无拘无束地说话。

三百多年前，张岱作《夜航船》，其序中写道，在一条夜航船上，一船人昏昏欲睡，士子在暮色中闲谈，旁边有一个和尚蜷缩于一角，不敢插话，听了半天，觉得对方言谈似有破绽，并无大奥，便说："且待小僧伸伸脚。"

《夜航船》是一种野谈，故作者说："天下学问，惟夜航船中最难对付。"清代曾衍东的《小豆棚》也是一种野谈，内容涉及忠臣烈妇、文人侠士、仙狐鬼魅、奇谈异闻等；明朝洪应明编著的《菜根谭》还是野谈，一部处世奇书，其中的句子朴实无华，句句良言……乡村的小酒馆里，桌子旁边都是些乡下朋友，大家一边喝酒，一边闲聊，野谈的过程，轻松而愉快。这时，有一只大花猫，刺溜一下从窗台钻进来，坐在空着的椅子上，朝一群谈笑风生的人张望。

野谈最妙在野地。瓜棚豆架下，河畔渔船上，或者山崖峭壁边。当年，蒲松龄找人野谈，就在他家的瓜棚之下，聊些鬼怪仙狐之事，那地方叫"聊斋"。

古人的画中有野谈。一幅画里，两个人坐在硕大如盖的荷叶间野谈，叶大人小，两个人快要被荷叶淹没了。他们都说些什么？时间太久，空间太远，已经听不清了。

《清明上河图》里，市井小民，衣袂飘飘，站在街衢，吹风野谈。他们虽身处汴河岸边，却说着天南地北的方言。文徵明的《品茶图》中，山里茅屋三两间，清溪蜿蜒流淌，屋外松树几株，主客在草舍对坐，喝茶聊天，清雅自在，山风徐徐，当属野谈。

野谈就要简简单单，古人理想的场所，要"构一斗室，相傍山斋，内设茶具，教一童专主茶役，以供长日清谈，寒宵兀坐。幽人首务，不可少废者"。若有这等条件，闲聊便有好心情。

野谈最好伴犬吠，在寥远的山中，谈文章，谈美食，谈饮茶，谈煮酒，谈交友……野谈最好有鸡鸣，一觉醒来，听楼下两个早起的人在大声说话，谈早餐，谈蔬菜，谈天气……

曾隔着芦苇，听人在河心野谈。一大片原生态的芦苇丛边，在浅水埠头洗手时，听到苇荡深处有人在船上与另一条船上的人说话，两个人隔着水面，隔着船，隔着芦苇，说的都是家常话。家常话絮叨、琐碎，无从写在纸上，只能随风飘远，缥缈成天籁。

少年时，在苏北农村一望无际的田垄间摘棉花，正值棉桃孕蕾，棉地里有几个年轻姑娘，她们一边干活，一边说些城里的事，流露出对别处生活的欣然向往，那大概算是一种田野闲谈吧。旷野之上，声音被风吹跑，眼中有落日余晖下的地平线和支着耳朵听人说话的棉桃。

野谈不一定要事先选择地点，只是遇到好久不见的人，也不一定有要紧的事，只是觉得天气很好，有些意趣，找个机会，好好聊聊，哪怕是在一处不挡风的角落，比如，路上、树下、亭中、屋檐以及墙根下。

风轻云淡，气候适宜，繁花盛开，说话的地点是美的。两个人站在小街围墙下说话，头顶有几株浅蓝色的绣球花探出头，随着风，滚来滚去。

民间野谈，抑扬顿挫，行云流水。都谈些什么？柴米油盐，朴素情感，平民百姓感兴趣的事情，大俗又大雅。

坐过夜航船的人，常有这样的体验：两个人坐在舱里闲谈，越谈天越亮。黎明登山的人，常有这样的视野：两个人站在山顶说话，山色、山体和草木，渐渐明亮起来。此时吹风野谈，满身都是山雾。

（摘自《读者》2022 年第 9 期）

落花时节又逢君

徐 佳

　　说说那个爱弹琵琶的李龟年吧。《云仙散录》中讲了李龟年的一个小段子，颇有点《世说新语》的味道。一日，李龟年至岐王李范宅，恰逢两名女乐师隔帘弹琴。他听了一曲，笑着说："弹琴之人的故乡，一秦一楚。"大家都不信，只有李范拍手大笑说："先生果然高明，一位来自陇西，另一位来自扬州。"举座皆惊。更让大家吃惊的是，李龟年突然掀开帘幕，走了进去，拿起那位陇西乐师身旁的琵琶，独自演奏起来，一曲弹完，长揖而去。大家沉浸在音乐的魅力中，李范竟也不以为忤。

　　《松窗杂录》则记载了与李龟年有关的另一个小故事，虽然在这个故事里他只是配角。

　　那是个春风沉醉的夜晚，唐玄宗和杨贵妃在月色中观赏牡丹花，李龟年率乐队在旁奏乐。玄宗忽然说："赏名花，对妃子，如此良夜，就别唱旧乐词了。"于是叫李龟年去宣召李白进宫。李白是"诗仙",更是酒鬼,那晚也不例外,进宫之前已是烂醉如泥。玄宗见了李白,便问:"先生还能喝一杯吗?"李白接过贵妃亲手递过来的西域葡萄酒,一饮而尽。玄宗笑了,说:"那我就放心了,请先生写首诗吧,就写写眼前的牡丹花。"李白转过头,看着牡丹花,口中吟道:"云想衣裳花想容,春风拂槛露华浓。若非群玉山头见,会向瑶台月下逢。"玄宗拍手赞叹,只见李白漫步月下,飘逸如仙,索来纸笔,在金花笺上运笔如飞:"一枝红艳露凝香,云雨巫山枉断肠。借问汉宫谁得似,可怜飞燕倚新妆。""名花倾国两相欢,长得君王带笑看。解释春风无限恨,沉香亭北倚阑干。"众人看了,皆惊惧。玄宗却哈哈大笑说:"李龟年,你以为当用何调?"李龟年平静地说:"清平调如何?"玄宗颔首道"妙",遂促龟年以歌,并亲自用玉笛伴奏。

关于杜甫与李龟年的交往,史书上没有太多记载,那时杜甫只是一个不得志的小官吏,奔走于富儿之门,李龟年却已是名扬天下的梨园乐师、天子门生。估计二人最多是点头之交。

很多年以后,晚年的杜甫乘舟飘零到长沙。那是大历五年(770年),杜甫生命中的最后一个春天。那时他依然吃不饱饭。在当地一个简陋的饭局上,他看到一个老乐师,衣衫破旧,还是天宝年间的装束,抱着一把旧琵琶,边弹边唱。老乐师在唱一首老歌——《相思》:"红豆生南国,春来发几枝。愿君多采撷,此物最相思。"满座的客人,正在推杯换盏,把酒言欢,没有人认真听他弹唱。

杜甫却激动地端起酒杯,冲到老乐师面前,说:"先生,请您饮下这杯酒。"老乐师边喝酒,边喃喃自语:"这是王维写给我的诗,你知道王维吧?"杜甫点点头:"我知道,我还知道您就是先帝最欣赏的乐师李龟年先生。"老乐师浑浊的眼睛闪烁了一下,随即又黯淡了。他说:"先生您认错人了。"杜甫用力抓住他的双手，一字一顿地说："不会的，那时我在长安，还很年轻，我听过您的演奏，我常常会想起，一生都不会忘记。"

那天，杜甫喝了很多酒，临别之际，送给老乐师一首诗："岐王宅里寻常见，崔九堂前几度闻。正是江南好风景，落花时节又逢君。"

那一年的江南，风景的确很好。

（摘自《读者》2022 年第 10 期）

春 宴

白落梅

总有人问起，如果可以穿越，你愿意在哪个朝代生活？是魏晋，唐宋，或是明清？似乎每个朝代，都有其不可取代的韵味和风华。魏晋的风骨、盛唐的壮丽、宋的旖旎、明的简净，还有清的雅致。

我愿意在魏晋，随竹林七贤闲隐于山林野外，遗忘红尘。亦想随王羲之，相聚于兰亭，参加那场曲水流觞的春日盛宴。又或者是杜甫笔下那位长安水边的丽人，肌肤胜雪，绣罗衣裳。更像误入宋词的女子，吟唱着"一种相思，两处闲愁"的词句。

春天是一场华美的盛宴，我愿意化身千百，去赶赴每个朝代华丽又风雅的筵席。乘上光阴的马车，携琴提酒，沐着春风，赏阅行途游走的风景。春光短暂，仿佛稍一停驻，那盛开的花，一夜之间便会凋零。我不想做那个缺席的人，辜负了姹紫嫣红的春光。

上巳节，民间古老的节日，俗称三月三。《论语》云："暮春者，春服既成，冠者五六人，童子六七人，浴乎沂，风乎舞雩，咏而归。"

这一日，洒扫庭除，晒洗衣物，采花簪头，沐浴更衣。这一日，登山斗酒，临水宴宾，游船踏青。文人墨客、商贾官宦、寻常百姓，乃至素日里不可出门的闺阁绣户，皆穿戴整齐，结伴游春。

记得幼时三月三，村里亦会举行一场春日盛宴。江西南城有一座麻姑山，为麻姑仙子的修行道场。道教兴起后，便认农历三月三为西王母蟠桃会之日。而麻姑献寿，亦是因此而来。天上繁华一日，人间几度沧海桑田，众生所能做的，便是请了香火，祈求平安康健。

那日，村夫上山打猎，村妇则在家舂米，自制糕点。外婆会用采来的艾叶做糕团，再做几盘杜鹃花饼。亦会采院里的桃花，洗净晾晒，用自家的粮食酒，酿上几坛桃花酒封存。也有人祭山神、仓神，三月三后，当年的春耕便要正式开始。

也有风雅之士、多情少女、天真孩童，携了果点，备上佳酿，游山踏青。每逢三月三，我便邀同伴，提篮去采摘山花野草。连绵不绝的山脉、漫山的红杜鹃、一簇簇粉艳的桃花，以及许多叫不出名字的山花，开得难舍难分。

我们摘花簪戴，交换自家携带的美食，渴了饮花露，舀山泉。听外婆说过，每个女子都是一种花，天上有专门司掌的花神。我们于山间相邀跪拜，用糕点和鲜花祭拜花神。如今想来，幼时纯真的趣事，亦是一种风雅。

后来读《红楼梦》，有一段对宝玉搬进大观园的描写，甚为喜爱："每日只和姊妹丫头们一处，或读书，或写字，或弹琴下棋，作画吟诗，以至描鸾刺凤，斗草簪花，低吟悄唱，拆字猜枚，无所不至，倒也十分快乐。"

　　大观园的春天，是一场极奢华的盛宴。红楼女子，相聚于花树下，采摘鲜花。琉璃盏、白玉杯、玛瑙碗、琉璃小磨里，流淌出洁净的花汁，调上蜂蜜，便制出天然的胭脂膏子。而怡红公子宝玉，则喜爱吃丫头唇上的胭脂，亦时常自制胭脂给园里的姐妹。

　　"暮春之初，会于会稽山阴之兰亭，修禊事也。"魏晋时王羲之的《兰亭集序》，所写的则是上巳节，四十多位文人名士相聚于兰亭的雅事。他们在水滨集会，饮酒作诗，周围茂林修竹，兰草依依，流水潺潺，景色绝佳。

　　吴自牧《梦粱录》云："三月三日上巳之辰，曲水流觞故事，起于晋时。"后来上巳节，许多文人雅士，亦效仿魏晋，在曲水边，畅谈人生。魏晋隐士，多为躲避纷乱政权，放逐山水。他们纵酒高歌，有颓废之意，却让落入尘网的世人心生向往。

　　大唐时的上巳节，更是空前绝后的繁盛与昌荣。杜甫的《丽人行》曾写道："三月三日天气新，长安水边多丽人。态浓意远淑且真，肌理细腻骨肉匀。绣罗衣裳照暮春，蹙金孔雀银麒麟。"便是对长安曲江盛景的描述。

　　唐人周昉著名的《簪花仕女图》，描绘的则是贵族仕女春日游园的情景。她们着华丽的服饰，高耸的云髻簪牡丹、别茉莉，在奢艳的庭院消磨时光。一个个雍容华贵，蛾眉杏眼，步步春色，款款闲情。或漫步，或赏花，或戏蝶，或观鹤，甚至懒坐，神色悠闲，姿态静美。

　　盛唐的女子，美艳娴雅得宛如一场春梦。徜徉在无尽的春光里，散怀于庭园花下，任凭时光如水，她自闲逸慵懒。那是一场春日的盛宴，她们媚似海棠的风姿，令春色为之换颜，让岁月为之低眉。

　　上巳节已近，此刻山林野外、庭园轩阁已是百花齐放。海棠之妩媚，山桃之娇嫩，樱花之凄美，牡丹之艳丽，各自丰腴饱满，仪态万千。它们无意世间悲喜，只在最美的年华里，纵情绽放。

世态纷繁，民间许多节日已逐渐被世人淡忘、省略。人们有太多的束缚和责任，就连赏春的心情亦不同往日那样诗意纯粹。明媚艳丽的春光，就那么匆匆过去了，今日繁花满树，明日已是落红成雨。

光阴者，百代之过客。人生短暂，莫要给自己留下太多遗憾。不知今年，这场春风如酒的盛宴，你是否缺席？

（摘自《读者》2022 年第 11 期）

卡在时间里的亲人

肖 遥

　　去年清明，家族几十年前的第一张合影被拍照传到亲戚微信群里。这张照片，我经常在不同的场合看到。小学时，大人们郑重地翻开相册，我把小脏手藏在背后，惊讶地辨认出那个在第一排站得东倒西歪的小家伙竟然是自己。表妹静静结婚时，这张照片又被大家翻出来围观，夸还是婴儿的她笑嘻嘻的，很有镜头感。而最醒目的是站在中间的大舅，意气风发，眉目俊朗，这是大舅要去上大学，临行前全家人的合影。

　　有的合影，是一场欢天喜地的庆祝；有的合影，则是一场伤感的挽留。几年前一大家人聚会，有人小心翼翼地说咱们合张影吧。我妈他们兄妹五个神色凝重地在阳台上站好，当时大舅虽然已做完手术，但还是日渐消瘦，这也许是他们最后的合影。拍照的表弟逗他们说"肥肉肥不肥"，若有所思的他们反应过来，齐声说："肥！"夕阳的金光照在他们脸上，至少那一刻，岁月静好，他们齐齐整整、神采奕奕。

小时候一大家人聚会，每到合影的环节，几个孩子就闹得鸡飞狗跳。儿时的一张合影里，我的表情呆若木鸡，表弟则一副猪嫌狗不爱的神情，其他几个姐妹也都噘着嘴、耷拉着脸，就像吃得兴起却被拿走了食盆的猫。只有刚上幼儿园的静静，扎着一朵红纱巾绾成的大花，歪着脑袋看着镜头，乖巧可爱。二十年后的聚会上，我们几个人重拍了那张合影。已经是幼儿教师的静静还是笑吟吟的，最有镜头感。当时没人知道，那是表妹静静的最后一个春节。

初尝生离死别的我们这才意识到：有的人，只是从我们的生活里消失了，也许兜兜转转我们还能相遇；而有的人，却是从我们的时间里消失了，无法逆转。多希望这些卡在时间里的亲人，有朝一日，可以在另一重空间里和我们相遇。

不知和静静的事有没有关系，此后，我们姐弟几人的性格都变了。有人变得洞悉一切却沉默寡言，有人迅速成熟变得能说会道，有人心甘情愿沉溺于琐碎的生活，有人不顾一切彰显个性……大家都在用各自的方式来反抗颠沛浮沉的命运，对世界的态度也变得强硬起来。

而如今，坚定或者说强大起来的我们，又不约而同变得柔软了，合影里的姐弟几人都像静静一样嘴角上扬，笑得喜气洋洋。而我们的下一代，依旧不耐烦与大人们合影，那副不情不愿的表情似曾相识。我们不会苛责他们，就像《红楼梦》里的年轻人不理解老太太为何要张罗让惜春把大观园画下来。年长者明白，钟鸣鼎食也可能是过眼云烟，重要的是把眼下的花团锦簇留下来，哪怕是留在画上也好。

我们也终于明白长辈们不忍告诉我们的现实：合影不是当时看的，而是回头张望时，能够看到有血缘关系的我们彼此陪伴走过的路——在一起时的慰藉依恋，不得见时的牵肠挂肚。即便沧海桑田，也有照片上明亮的笑容，提醒我们曾经快乐过，爱过。

（摘自《读者》2022 年第 11 期）

每个人的傍晚都住着故乡的晚霞

程鹭眉

人们常说，在某个时刻，故乡会回来找你。

当我人到中年，面对故乡的故人，我知道这是时间保存到期、等候已久的礼物。

那一年，我们相聚在加州，我与亚男和显宗，跨越了三十五年的光阴。

到加州那天，阳光灿烂，海水正蓝，帆影漂游在天际。而此时我的家，已经在大洋彼岸的深夜里了，人们睡得正香。

第二天上午，我从旅馆出发，去亚男和显宗的家。我打开了汽车顶篷，阳光一浪又一浪地洒在我的肩上。我抱着一盆鲜花，是送给亚男的，她小时候是我们那个街区最美的姑娘。

当我把鲜花放在玄关的一刹那，一转身，我闻到了故乡红岸的味道。我不知道这个味道是从哪里发出的。我只是突然感到，我的故乡从天而降。

在很长一段时间里，我忘记了自己的故乡。我很年轻的时候，常常沉醉在别人的故乡梦里，"日出江花红胜火，春来江水绿如蓝，能不忆江南？"在我心里，江南的村庄才是正宗的"故乡"原典，是地地道道的乡愁来处。在我年轻时的定义中，"故乡"就是"故"和"乡"的结合体，然而我发现，我的故乡只有"故"，没有"乡"。

"乡"是什么？是遥远的小山村，是漫山遍野的麦浪，是村前流淌的小河，还有在巷口倚闾而望的爹娘。而我的故乡，是最不像故乡的故乡，它伫立在遥远的中国北方，那个地方叫"红岸"，那里的冬天漫天飞雪，那个地方盛产重型机器。我们的父辈亲手奠定了机械大工厂的基石，研制出亚洲第一台万吨水压机，因了这个钢铁巨人，红岸被载入史册。

我在那里长大，在那些熟悉的街区里，一群群少年走街串巷，疯狂生长。那个时候没有电话，大家相约的方式就是挨家挨户找人。在楼下大声喊彼此的名字，是那个时代最让我们感到快乐的事。

但是，这些仿佛都不是我年轻时认为的值得存忆的故乡。无处寻找稻花香和鱼米情怀，也无从怀想遥远、神秘又陌生的小小村落，更没有可归的田园，我觉得自己是被真正的故乡遗弃的人，年轻时的我曾为此感到羞愧。传说中的故乡，柔软、浪漫、多情，但是我的这个所谓的故乡，寒冷、坚硬，它不配我的深情。

三十五年后，我们围坐在加州的房子里。

我们的目光在彼此的脸上游走，女孩曾经的妩媚，男孩曾经的不羁，渐行渐远。我高中毕业后负笈他乡，一别数年，我们都已忘记最后一次相见是何年何月。是啊，连故乡都不想要的少年，怎会记得少年事？而时光穿过长长的隧道，一个纵身就是三十五年。"三十功名尘与土，八千里路云和月"，我们总以为这些世事沧桑跟我们相距甚远，我们的人生怎么也攀不上诗词歌赋中的境界。

然而，兜兜转转看尽千帆，我们蓦然回首，却发现那些为之得意的年轻步调已经戛然而止，岁月蒙在我们脸上的面纱，是揭不掉的虚妄功名与拂不去的尘世之埃。那些皱纹、斑点、下垂的眼角，无不表明这些曾经年少的人也见证过八千里路途的云波皓月。

一样的目光，双手交握，三张曾经青春年少的脸。即便再过四十年，满脸风霜的人们依旧熟谙来路。

突然，亚男想到了什么，说："现在赶紧去看落日，还来得及。"我们几乎是跑着出去的，显宗最先打开车门，他登上驾驶座，一脚油门，将我们带到了海边。

大海边，云霞漫天，金色、橘色、黄色、红色，各种颜色混合交缠，汇成一波又一波金红色的晚霞。晚霞绵延数百里，好像要燃烧整片海。周围的人都默默不语，不知这里面有多少远离家乡的人，此时此刻，他们是否也会想起故乡的晚霞？

我和亚男围着同一条披肩——出门前她急急忙忙一把抓在手里的。来到海边我才知道，这里的傍晚有多冷，海风吹着衣着单薄的我，吹得我瑟瑟发抖。亚男用她的披肩围住我，我们一人抓住披肩的一角，两个身体紧紧地靠在一起。很快，我们感觉到彼此身体的温度，那温度是那样熟悉，那是很多年前红岸少女独有的温度吧！

回来的路上，夜幕已然降临，刚才那漫天的晚霞打开了我们的故乡密码。

其实那个叫"红岸"的地方，那一大片红砖楼房，一直若隐若现地在远处伫立着。它的名字像一个被编码的符号，是被一群人共享的密码，它一直处于屏蔽状态，一旦时机成熟，只要轻轻触动，就会激活我们全部的生命记忆。

故乡的一院房子曾经是我家和显宗家共同的居处。黄伯伯身材高大，黄伯母持家有方，他们将儿子培养得干干净净、玉树临风。亚男的父亲董伯伯多才多艺，会制作小提琴，我父亲到车间劳动时，董伯伯是我父亲的老师。也正是因了这样的师徒关系，在我们出生之前，两个年轻的母亲之间有过一段动人的友情，令董伯母几十年里念念不忘。当他们年逾八旬，董伯母不顾旅途劳顿，专门来北京与我的父母相聚。当两个年迈的母亲紧紧相拥时，我和亚男泪流满面。

少女时代的亚男酷爱英语，成了改革开放后我们工厂的第一个翻译，小小年纪便与父辈共事，她聪慧刻苦，深得父辈喜爱。显宗小时候聪明顽皮，数理化成绩尤其好，但是语文成绩差得出奇，他喜欢提刁钻的问题。

当我来到他们美国的家，却发现书柜里大多是中国典籍，涉及哲学、历史和文学，那个三十几年前的顽皮男孩，已经变成一个通透豁达的哲人。

这三十多年间，万水千山的漂泊，他们经历了那么多潮起潮落，却依然能够达观生活、热爱生命。我们在经历了那么多尘世光阴后，不惧山水迢迢，依旧能寻到故乡的知音。

就在我以为自己忘记了红岸的时候，因偶然的机会我重归故里。那一天，红岸的晚霞恰如其分地迎接了我，我也默契地接受了这份只有自己知道的深情——它曾经刻骨铭心地印在我的心里。少年时的傍晚，我经常在厂前广场雕像前的大理石上躺着，痴痴地等待晚霞的到来。我迷恋故乡的晚霞，有点儿像少年迷恋爱情——遥远、陌生，又惊艳无常。每当天边出现晚霞，我的心就一下子明亮起来，像一个在旅途中迷路的孩子，找到了心安之所。那时的我还不懂什么是忧伤，但是每当晚霞消失的时候，我幼小的心怀便充满了眷恋和寂寞。

那一刻我才发现，我的故乡，何曾被我遗忘！它只是被故意埋藏了，且藏得很深——因为深情，所以不敢触碰。当轻飘飘的年华滑过，当我感知了生命中的哀痛与忧愁，故乡的晚霞，如期而至。

离开加州的前一天傍晚，亚男做了家乡菜，显宗在院子的地炉里燃起篝火。空气中炊烟的味道，很像我们小时候楼顶的烟囱里飘出的味道。《浮生六记》里说"炊烟四起，晚霞烂然"，说尽了人间事。

我突然想起杜甫的那首《赠卫八处士》。我想象着一千多年前的唐朝，也是这样一个夜色如洗的晚上，杜甫就坐在我的对面，为我们的重逢写下这样的诗行：

"人生不相见，动如参与商"，参和商是完全无法产生交集的两个星宿，二者一出一没，永不相见。我到美国的计划中，原本没有加州这一程，途中偶看微信，见有人在同学群里问我是不是在美国，一看名字，是显宗。这就是命运的安排。假如那天我错过这条微信，有可能我们此生都不得重逢。

"昔别君未婚，儿女忽成行"，曾经青梅竹马的少年，在知天命之年，漂洋过海，偶然相聚。我的两个儿子和他们的一双儿女都已长大成人。

晚饭时，他们的小儿子下楼来，"怡然敬父执，问我来何方"。他的父母慢慢给他讲我们的童年趣事，以及更早的我们父辈之间的相识相知。

"明日隔山岳，世事两茫茫"，很快，我们又要面临离别，但这个别离已经不仅仅是"隔山岳"，而是去国万里的远隔重洋。

我惊叹于时光的雷同——杜甫，这个隔世的知音，穿越到了现代。我们在复演一千多年前"他乡遇故知"的戏码，而杜甫，就是这场相聚的见证人。

这是一个无法解释的偶然，让人心生喜悦，又有苍凉之感。我不知道人生会有怎样的因缘际会和悲欢离合，如果说生命是轮回，我们跨越万水千山，漂洋过海来相聚，这算不算命运的善意？

远离故乡许多年的我们，已经成为地地道道的异乡旅人，当我们不停地怀念故乡曾经的芳华绝代时，故乡已经为我们竖起少年的祭旗。

故乡到底是什么？

一个作家说："故乡就是在你年幼时爱过你，对你有所期许的人。"

（摘自《读者》2022 年第 12 期）

夜晚知晓一切秘密

吴佳骏

天就要黑了，周遭暮色渐浓。落日也早被晚风带去远方，只将疲倦留给满城昏黄的灯火。

我从浮世退回陋室，抖落满身尘埃，锁紧斑驳的绿皮铁门，恐惧瞬间将我包围。整整十年时间，我都蜗居在仅有三十平方米的房间里，看书、写作、睡觉和冥想，忍受着人世的孤独。

我的亲人不在身边，他们全在县城生活，我们之间的联系，便是思念和记忆，以及对周末见面的期许。所幸家人都很宽容，都理解我，既无责备，也无埋怨——生存就是不断地相聚和别离。

像我这种从乡下闯入城市之人，没有丝毫优越感可言。我所获得的尊严和安身立命之地，都是我长年累月在生活的炼狱里打拼得来的，绝非来自家族的馈赠。

我的存在即我的命运之门。

我知道，我的家人也会牵挂我。许多时候，奶奶会坐在老家的屋檐下，望着风中飘飞的落叶，或夜晚稀疏的星辰，暗自祈祷或垂泪；父亲会在夕阳的余光下，孤单地走在凄清的乡村公路上，目光深邃地朝我寄身的城市方向眺望；母亲则会在夜幕降临之后，坐在灯光下翻看那本珍藏了几十年的老相册，用粗糙的手在我幼时的照片上摩挲；妻子不管时间多晚，都要在入睡前跟我通个电话——我们在电话里或许什么事都没说，但通完电话心就安宁了，就不会再躲进被窝哭泣；至于我的两个儿子，也跟他们的母亲一样，每晚都要跟我在电话里说上几句才能入眠，不然，他们就会在梦中喊爸爸——那稚嫩的声音，可以将黑夜撕成一床破棉絮。

人到中年，我才真正认识到活着的困境。

我不只属于自己，也属于家人。我被他们分成好几份，每一份对他们来说都至关重要。假如这个世界上没有我，地球依然会转动；但如果家人没有我，他们一定会重返生存的荒原，会顿觉失去了活着的意义。反过来说，假使没有他们，我活着，同样会是一片空白和虚无，犹如掉进时间的黑洞。

因之，我活着就不单单是我活着，我还在为我爱和爱我的人而活。

活着是有限的存在，唯有爱是无限的存在。

（摘自《读者》2022 年第 12 期）

替母亲穿针

李汉荣

一根长长的线用完了，母亲细心地绾一个结。这是驿站上的小憩，线离目的地还很远，线还要继续赶路，一直走到袖口、领口，走通衣裳的每一条道路。

又要换一根线了。这时候，如果正逢黄昏，视力不好的母亲就会喊我们或邻居家的孩子，替她往针眼里引线。记不清替母亲引过多少次线，但那种感觉我记得很清楚。往针眼里引线的时候，那长长的线也被引进了我的心眼儿。

我垂直地举起针，迎着光亮眯起眼睛，凝视针眼，轻轻地呼吸，集中全部注意力，另一只手小心翼翼地举起线，拿针的手和拿线的手都不要颤抖。针眼太小了，我用目光反复校准。好！目光顺利地过去了，线紧跟着目光也顺利地过去了！一次爱的凯旋！针和线拥抱在一起，爱和爱拥抱在一起，然后它们结伴而行，跟随母亲的目光赶路去了。

那一刻，世界是那样单纯和率真，没有天堂，没有地狱，没有灾难，没有风暴，只有一个小小的针眼！

那一刻，我忽然发现：母亲的眼睛是世上最美丽的眼睛，从一孔小小的针眼里，她也许不会看见更为伟大的事物，但她绝对从细微处发现了那些被惯于仰视的眼睛一再忽略了的细小而微妙的美丽。

那一刻，我忽然明白：母亲缝的衣裳为什么格外温暖，因为针针线线都有她的目光和手上的温度，每一个针脚都藏着她温柔的心跳。

那一刻，我的美学思维得到了启蒙：天地固然很大，但肯定也是由一针一线织成的，众多琐碎的事物织成了大美的宇宙；针眼固然很小，但它凝聚了散漫游移的眼神，透过这条秘密隧道，你会看见事物的纹理和它们深邃的本质，以及万物的灵魂。

那一刻，我看见了来自遥远的过去的画面：世世代代的母亲不就是这样缝缝补补，织就了历史的经纬吗？呀，透过小小的针眼，我看见无数母亲的眼睛，我看见她们手中的线，依旧在补缀着漫长的岁月和思念。

那一刻，我懂得了：在夕阳下，替母亲穿针引线的孩子，都会有细腻的内心和善良的情感，他的眼睛不会变得浑浊和冷漠，一缕细小而纯真的光线，已永远织进了他的目光里……

（摘自《读者》2022 年第 13 期）

第一朵莲

陆 苏

今年的第一朵莲花到了。它特别美，特别隆重，特别动人。

可惜我睡得熟，没有听到花过窗，也没有听到香敲门。不知道它来时鞋上有没有溅染月光，不知道金铃子们有没有和声去迎接，不知道院里的石榴花有没有去帮忙端盆洗尘水，也不知道栀子花有没有对它莞尔而笑以示欢迎。

但我相信，莲花静美清雅的仪仗，一定美得让小村的花草噤声、树木闭口。不然，我怎么会错过了呢？

天大亮时我才看见，三亩荷塘上矗立着这一朵莲。像一盏花灯，掌在田田复田田的莲叶间，万籁俱寂，静谧如画。

突然风来，宛如吹开了戏台上的幕布，那似花旦的莲花玉立，纹丝不动。千万片荷叶矜持地齐齐侧身行礼，手眼身法行云流水，唱念做打丝丝入扣，一场绿叶红花青衣花旦的大戏，在渐散的晨雾里不紧不慢地上演。

也许是明天，也许是后天，莲花们将接连抵达，一朵挨着一朵，住满荷塘。每一个花苞里都含着圆融，每一片花瓣上都写着静好。

很难相信这么清丽的莲花是从一节藕里来，也很难相信这么脱俗的莲花是经过厚厚的淤泥来到我的眼前。

我宁可相信莲花是从很远很远的地方来，坐着舴艋舟、坐着木轮车、坐着青布小轿，优雅又婉约地来这里。

莲花簇拥，万念聚集。想什么念什么呢？一定是特别美好的事……

我就那么站着，一动不敢动，像一根幸福的木头，当着这一朵莲花唯一的看客。

就这样，看着莲花，一分钟，像一辈子那么长。

（摘自《读者》2022 年第 14 期）

我们在城市里的亲戚

丁小村

　　一只小甲虫闯进了我家的厨房，它大概迷了路，趴在墙上一动不动——这是它自我保护的一种方式。在它的生存环境中天敌很多，每一刻都面临生存危机，它用这种假死的方式来迷惑敌人，获得逃生的机会。

　　我妈去捉它的时候，它就立即掉落在地上，蜷缩成一小团，像真的死掉了。我妈轻轻把它拈起来，打开厨房的纱窗，放在外边的窗台上，不到一分钟，它就飞走了。

　　对于来到我家的动物和人，我妈都十分友善：一只金龟子，一只瓢虫，甚至一只令人讨厌的蚊子；一个收废品的老人，一个送水工，一个走错楼层的陌生人……

　　我妈经常会把站在门口的陌生人请进来，让他坐在我家客厅的沙发上，倒上一杯茶和对方说话——在她看来，这些来到我家的陌生人也和飞入我家的陌生虫子一样，都像亲戚。

在这样一座城市里，我们几乎没有什么血缘亲戚，来我家的除了我们的好友，就是陌生人。飞错了地儿的虫子，它们可能也是这座城市的寄居者，跟我们差不多。

我们像别的子女一样教育七十多岁的老娘：不要跟陌生人说话，别把陌生人请进家门，因为并非每一个站在你家门口的陌生人，都是怀着善意的——在一座人口拥挤的城市里，入室偷窃、行骗乃至抢劫的人，比阴暗角落里的老鼠和蚊虫狡猾凶狠得多。

但这一课对我妈是无效的，她依然把一些陌生人领进我家，也同样把一些美丽或者丑陋的蚊虫放生出去。在她心目中，任何有生命的东西，都是我们在这座城市的亲戚，理应受到善待。

每天中午和下午，我妈都会摆上这样一桌盛宴：撒在地上的米粒豆粒，剩下的米饭或者土豆、菜叶子……都被她收拾起来，放在厨房窗台上的碗盘里——不到一会儿，几只鸟儿就聚在这里，悄悄享用这顿美餐。

这些鸟儿悄悄地进食，很少发出吵闹声。

我偶然发现了我家窗台上的饭局，这些食客们聚在一起，像家养的，它们十分讲究礼仪，你一嘴我一嘴，不争抢不打闹。

麻雀们像一群天性活泼的孩子，鸽子们则像一群穿着礼服的绅士；像八哥的黑色鸟儿，就像一个独行侠客；还有不知道从何处来的山雀，像一些漂亮的野丫头……这些亲戚们天天在我家窗台上聚会，它们把这儿当成了客厅，我妈早已经在沙发上打盹儿，随它们自便。

自从我们寄居在城市，我越来越少看到鸟类。它们是人类的远亲——从茫茫大海里爬出来，变成陆栖动物，鸟类可能是桥梁。

我妈并不懂这些生物进化和环境演变的知识，对她来说，这些来到我家窗台上的鸟儿，就是应该善待的亲戚。

小时候生活在乡村，哪家房前屋后都有很多树，这也是鸟儿天然的家园：喜鹊随意落在门口，麻雀和鸡仔一起抢吃的，鹰从天空掠过，有时候甚至敢于袭击家鸡，长着漂亮尾羽的锦鸡和吵吵闹闹的野鸡就在不远的树林边开会，啄木鸟半夜里还在敲打屋后的一棵老树……

如果没有这些鸟儿，村庄不像村庄，居所也不像居所。如果你居住在乡野里，却听不到鸟鸣声也看不到这些鸟儿的身影，那可能带来难以想象的恐怖感——不像在人间。

在几万年生存进化史上，人类驯养了很多鸟儿，一些变成了家禽——为我们提供肉食和蛋白质，改善我们的胃口，有的成为宠物给我们带来精神快乐，有的还变成了渔猎和通信的帮手……但它们更像亲戚，而不是奴仆。

人类驯化的鸟类毕竟是少数，大多数鸟儿依然保持着野生的天性：种族自我繁育、天生自由飞翔、逃避和抵御天敌、千里奔走谋求种族延续……

一只体重只有2~3克的蜂鸟，你难以想象的微小，仅有一枚硬币的重量，在3200千米的迁徙途中，它需要以每秒心跳21次、扇动翅膀60次的高强度运动，来飞越茫茫大海——连续飞行十几个小时，既不能补充食物，也无法停下歇息。当我想到一只袖珍的蜂鸟的生命奇观，心头就涌起一种崇拜感。

我因此把所有鸟儿当成我们在一座城市里的亲戚，它们是与人为善的，也是亲切可爱的。它们让我涌起一种作为生命体的快乐感——如果没有了虫鸟、草木，我们的城市该是多么单调而无聊啊。

我上下班的途中，会走过几条有树的街道：街边种植的香樟树，有着挺拔的树干、绿云般的树冠，这种美丽的观感，让人很舒畅。

一座缺少树木的城市，也就失去了许多自然的鲜美。一座缺少大树的城市，让人感觉不太体面。

这座城市没有大树，在历次的城市改建中，那些承载了时光丰厚和久远岁月的大树，被消灭了。多年以后我们才发现自己的粗糙和不体面，栽种树木比建造人工花园更具有意义：一棵树往往就是一个完整的生态系统。

树木通过光合作用可以把阳光、雨水和大地的营养，变成虫鸟和其他微小生命的能量来源；树木还净化空气，使生存环境更利于各种生命延续；一棵树就是一个缩微的地球——通过能量循环，养育各种生命。

我走在这些高大的香樟树下，能嗅到草木原生的清新气息，这是一种自然生命的气息。樟木有一种特有的香气，让人感觉呼吸顺畅，是美好的享受。

在秋天，樟木的果子成熟了，掉落在街面上，整个街道都散发出一种果酒的醉人气息。我捡起一个樟树果子，它是紫黑色的，像所有熟透了的野果，甜香发酵，有了酒香。

一阵响动，更多的果子啪啪掉落在街道上，从香樟树绿色的树冠里，飞出了一群鸟，它们可能是麻雀，也可能是别的群居鸟类，它们离开饱餐的宴席，像云一般飘浮在城市的低空。我顿时惊呆了，我从来没发现，这座城市有了这么多的鸟儿。

这算是忙碌劳累的城市生活中的一刻惊喜，由于我们补种树木，鸟儿多了，它们是我们的亲戚，它们愿意和我们生活在一起。

按照一种现代演化论观点：我们人类占据的这座星球，最终可能被大自然收复。到那一天，我们这些人造工程——城市、公路、工厂、大坝、军事设施、博物馆和科技馆……都将被别的生命占有并且消化，直到那些不知名的草木、进化了的虫鸟和兽类……乃至能吃塑料的微生物，它们占据了我们的地盘之后，开始进行另一个时期的生命自然循环。

我们很难想象这样的结局，很可能它将变成真的。

但是绝大多数人都不愿意这么想象，当然也更不愿意对一只在城市里奔命的小虫子、小鸟心生怜惜。

我妈用最朴素的行动给我上了一课：善待这些亲戚，我们在城市里居住的日子，会变得稍微好一些。

（摘自《读者》2022 年第 14 期）

养一畦露水

许冬林

露水是下在乡村的。只有古老的山野乡村，才养得活精灵一样的露水。

童年时，我在露水里泡大，以为露水寻常，是入不得诗文的。直到读《诗经》里的《蒹葭》才开了我的心窗。"蒹葭苍苍，白露为霜。所谓伊人，在水一方。"古老的风情画呈现于眼前：雾气蒙蒙，芦苇郁郁葱葱，美丽的女子在露水的清凉气息里影影绰绰……

睡在苇叶上的露水，也藏在我童年的记忆里。但那是另一种风情。生产队里养着一头褐色水牛，农忙时节，孩子们一大早就得起来割牛草。我和堂姐相约去村西河边的芦苇荡。我们俩卷起裤管蹚进水中，脚下的软泥滑腻清凉。一碰芦苇，露水珠子簌簌地洒了一身，从头发到前胸，从脖子到脊背，露水的凉意在皮肤上蔓延，似乎还带着微甜的气息。芦苇丛里的青草又长又嫩，几刀下去，便是一大把，顺道还可以割一捆细嫩的水芹，当中午的小菜。我们出了芦苇荡，几大把青草拎在手上，走一路滴一路的露水。此时，我们的身上、眉毛上、眼睛里，皆被露水打得透湿，仿佛洗了一个"露水"浴。白露未晞，白露未已。

那时候过暑假，我们这帮小孩子，夜晚都爱在房顶上露宿。堂姐、堂哥、堂弟扛着凉席，有说有笑地来我家的房顶上睡觉。房顶上成了原始部落，月光为帐，星星为灯，感觉自己就像草叶上的一滴露水睡在天地之间。更深露重，裹身的毯子又凉又软，我翻个身，贴着堂姐的后背，听她断断续续地说着梦话，窃窃地想笑。星星在眼前，垂垂欲落，虫儿停止了嗡鸣、青蛙停止了喧闹，四下俱寂。天地之间，只剩下露水的清凉气息在流散、漫溢。我们在露水里睡着，在露水里醒来。清晨醒来，我们下了房顶，常能看见邻家的瓦楞上结着蛛网，蛛网上也悬着露珠，亮晶晶的，在晨风中摇摇欲坠。

暑假一过，正是初秋时节。穿过弯弯绕绕的田埂，我一路蹚着露水去学校。到学校时，一双小脚已泡得又白又凉，嫩藕一般，脚丫里全是草屑和花瓣。先去学校前的池塘边，洗掉脚上的草屑和野花，再穿上凉鞋。有时竟舍不得将双脚塞进鞋里：正是露水，滋养了一个乡下小姑娘的双脚。

成年后，我过着两点一线的日常生活。一日，在书中读到描写露水的句子，我才想起似乎好多年没看见露水了。忙时，只顾着抬头向前赶路，闲时只想闭目养神。每每起床时，草木上的露水早已遁形，以至于让我产生一种错觉：露水，莫非只存在于童年？

当然不是。露水一直都在，在童年的回忆中，在乡村的岁月中，在有闲情闲趣的人心中。

《枕草子》中写道："我注意到皇后御前的草长得高挺又茂密，遂建议：'怎么任它长得这么高呀，不会叫人来芟除吗？'没想到，却听见宰相的声音答说：'故意留着，让它们沾上露水，好让皇后娘娘赏览。'真有意思。"读到这里，我恍然游离多年的魂魄被招了回来。养花种草，是为了让一个识情识趣的女子可以有机会欣赏清晨的露水。

我不觉痴想起来，痴想有一天能养一畦露水，在露水里养一个清凉的自己。生命短暂渺小，唯求澄澈晶莹，无尘无染。让美好持续，一如少年时。

（摘自《读者》2022 年第 16 期）

秋　池

吴佳骏

平静的池水像一个梦境。梦境里有一群鹿，沿着季节奔跑。它们扬起的蹄子，搅动了野风和随野风飞舞的落叶。那落叶，也是一个个梦，藏着树木生长的秘密。我在水池边蹲下来，我的影子映在水面上，我也成了梦境的一部分。

水池周围，杂木森森，它们从大地的脊背上长出。这一棵又一棵的树，同样是大地梦境的延伸。我不知道大地的梦境是什么，我只知道大地的梦境是朝向天空的。那些粗壮的树干和分叉的树枝，既是大地之梦的骨骼，也是大地之梦的墓碑——我在树林里独自走着的时候，看到好几棵早已枯死的树木。它们被梦雕刻在了年轮中，成为被时间打败的英雄。我伫立在其中一棵枯树旁，默默地凝视良久。我看到了一棵树死后的魂。那魂有着云朵的色彩和太阳的光辉。它是如此地震撼我。我很想转身去掬一捧池子里的水，来替这棵枯树擦洗身子，我想把树身擦出月光的色泽，把树皮擦出鸟羽的光芒。

我想把一棵枯死的树救活。救活一棵枯树，就是救活大地的一个梦。

顺着树林往前走，有几条分叉的小径，上面铺满了黄叶，厚厚一层。这些黄叶是野鹿跑步时脱掉的外衣。它们不需要穿着外衣撒野，就把衣服脱下来，送给路旁的小蚂蚁。我从其中的一条小径上走过，看见有几只蚂蚁正在试衣。它们"交头接耳"的样子，好似几个自然界的模特在相互欣赏且陶醉其中。我没有去打扰这群美的发现者和创造者。我只是水池的一个梦境——抑或梦境中的梦境。

小径的旁边，是一片开阔的草地。草很浅，浅得像失眠者的睡眠。我坐在草地上，像坐在回忆里。我看不见草的生长，但我相信，每一棵草都是大地的毛细血管。草地左侧，有一条小溪，溪水流淌的声音似在浅吟低唱。我闭上双眼，静静地听——我第一次听到了大地的心跳声——时而急促，时而舒缓，有春与夏的热烈，又有秋与冬的沉静。

我不能久坐，我怕坐久了就再也站不起来。我担心自己会坐成溪流的模样，或一棵树的模样。我不怕成为溪流，也不怕成为树。只是我既没有溪流的圣洁，也没有树木的伟岸。我还得回到我该去的地方。溪流有溪流的路，树有树的路，我有我的路。我们都有各自的使命要去完成。

我从草地上立起身，看见太阳正从我的头顶升起来——它照亮了我和我的梦境，也照亮了水池里的水和水面上漂浮的彩叶，还照亮了远山的秋色和秋色里的永恒。我站在太阳底下，想把自己晒一晒，也把我的心情晒一晒。我再次在水池边蹲下来，想把太阳捞上岸，想把太阳那被清水打湿的光芒收集起来，像水草一样挂在树杈上晾干。然后，划一根火柴将之点燃。我渴望把光芒重新还给光芒，把大地重新还给大地，把天空重新还给天空。

　　没想到，我的手刚触碰到水面，它们就融化在水里不见了。我最终看到的只有自己的影子，像一幅剪影贴在水面上。我很沮丧，望着水池发呆。蓝天在远处蓝得透明，我的心情也蓝得透明。原来，我只是水池边的一只野鹿。我只是水池的梦境中的一部分。

　　　　　　　　　　　　　　　　　　（摘自《读者》2022 年第 17 期）

致 谢

　　2022 年 10 月 16 日，举世瞩目的中国共产党第二十次全国代表大会在北京召开，大会为我们今后的前进指明了方向、擘画了蓝图。党的二十大报告第八部分"推进文化自信自强　铸就社会主义文化新辉煌"为今后的文化工作提出了更高要求。在深入学习领会党的二十大精神的基础上，甘肃人民出版社按照党的二十大报告"实施全民道德提升工程，弘扬中华传统美德"的要求，策划了以"中华传统美德"为主题的新一辑"读者丛书"。丛书共 10 册，分别以"仁爱孝悌""谦和好礼""诚信知报""精忠报国""克己奉公""修己慎独""见利思义""勤俭廉政""笃实宽厚""勇毅力行"为主题，从历年《读者》杂志、各类图书及其他媒体上精选了 600 多篇美文汇编而成，我们希望通过一篇篇引人深思的文章或一个个感人至深的故事，让广大读者进一步加深对中华传统美德的认识，让这一美德在中华大地上能够得到更加广泛的传承和弘扬。

与往年一样，《读者丛书·中华传统美德读本》的策划、编辑、出版得到了中共甘肃省委宣传部、甘肃省新闻出版局以及读者出版集团、读者杂志社等各方的指导和帮助，在此深表谢意！丛书的编选也得到了绝大多数作者的理解和支持，他们对作品的授权选编和对丛书的一致认可解除了我们的后顾之忧，对此我们表示诚挚的谢意！虽然我们尽力想把工作做得更细致、更扎实，但因为种种原因依然未能联系到部分作者，对此我们深表歉意，也请这些作者见到图书后与我们联系。我们的联系方式是：甘肃人民出版社（甘肃省兰州市曹家巷 1 号，730030，联系人：肖林霞，13893138071 ）。

读者丛书编辑组
2023 年 10 月